Ava Reed

MOND
LICHTKRIEGER

DRACHENMOND VERLAG

DRACHENMOND VERLAG

Astrid Behrendt
Rheinstraße 60
51371 Leverkusen
http: www.drachenmond.de
E-Mail: info@drachenmond.de

Lektorat: Tanja Selder
Korrektorat: Michaela Retetzki
Satz: Marlena Anders
Layout: Astrid Behrendt
Illustrationen: Melina Goldberg (Melis Art)
Umschlagdesign: Alexander Kopainski
www.kopainski.com
Bildmaterial: Shutterstock

Druck: Booksfactory

ISBN 978-3-95991-416-1

Für das Leben
und die Hoffnung.
Für die Liebe und das Glück.
Für zweite Chancen.
Für dich.

Vorwort

Für alle, die **Mondprinzessin** nicht gelesen haben: Legt dieses Buch am besten erst einmal zur Seite, denn **Mondlichtkrieger i**st der zweite und finale Teil.

Mondlichtkrieger war nie geplant, denn Mondprinzessin war für mich der Anfang der Geschichte und auch das Ende.

Bis ihr kamt.

Dieses Buch hier habe ich für euch geschrieben. Für jeden Leser, der Lynn in sein Herz geschlossen hat, für jeden, der auch eine Tia möchte und sich in Juri verliebte. Für jeden, der mehr sieht als nur Sterne, wenn er den Blick hebt.

Danke. Danke für all eure zauberhaften Worte.

Egal, ob ihr das Ende von Mondprinzessin mochtet oder nicht: Für mich gab es nie ein anderes. Es hat sich richtig angefühlt, damals und heute. Weil es trotz allem Hoffnung in sich trägt, weil man, wenn man die Augen schließt, alles weiterspinnen und seiner Fantasie freien Lauf lassen kann. Weil man sich selbst aussuchen kann, was weiter passiert und wie. Manche von euch haben sich dennoch gewünscht, dass ich es aufschreibe. Und das habe ich getan. Ich habe die Hoffnung, die Verzweiflung und Trauer, den Wunsch nach Rache, die am Ende des ersten Teils bleiben, genommen und daraus einen zweiten Teil gemacht. Für jeden, der am Ende von Teil eins nicht glauben wollte, dass es das wirklich gewesen ist, geht es nun weiter mit Juri.

Ich weiß nicht, ob ich euch hiermit die Geschichte und das Ende geben konnte, das ihr euch wünscht oder vorstellt, aber ich hoffe, Mondlichtkrieger wird euch berühren. Ich hoffe, er kann eurer Fantasie und vor allem euren Herzen gerecht werden. Denn die Mondprinzessin war von Beginn an gedacht für alle Träumer und Romantiker. Für jeden mit *Mut im Herzen und Liebe in der Seele.* Für alle, die es schaffen, in jedem Tag die versteckten Wunder dieser Welt zu sehen.

Ihr seid ein Teil davon. Vergesst das nicht.

Rache

vengeance

revenge

intikam

месть

vendetta

vengo

復讐

hämnd

wraak

vingança

отмъщение

venganza

Moon
PHASES

Und der Mond schuf
sich Kinder aus seinem Staub,
aus seinem Herzen und aus den Sternen …
Wenn sie starben, vergingen sie nicht.
Sie wurden wieder zu dem, was sie waren.
Zu Licht, Staub und Herz. Zu einem leuchtenden,
funkelnden Stern am Himmelszelt, mit Erinnerungen
aus vergangener Zeit, ohne Körper, aber voller Sehnsucht.
Bis wieder alles vergessen ist, bis aus Licht,
Staub und Herz wieder ein Kind wird.
Ein ewiger Kreislauf, bis heute.
Tag um Tag.

Kapitel 1

Wenn man etwas verliert,
das man aufrichtig und innig liebte, ist es möglich,
dass man einen Teil seiner selbst ebenso verliert.
Einen Teil … oder alles.

Juri

»Ich verlasse dich nicht. Ich werde da oben sein und für dich leuchten – jede Nacht. Ich werde auf dich warten. Hab Mut im Herzen und Liebe in der Seele.«

Meine Hände greifen nach dir, halten dich fest. Ich höre deine Worte, sie sind wie ein Flüstern. Ich schreie und schreie, bis meine Lunge sich anfühlt, als würde sie Feuer fangen. Ich sehe dein Lächeln, ich sehe das letzte Mal dein Gesicht – bevor du mit Tia verblasst. Ich kann dir nicht helfen. Ich kann dich nicht retten.

Ich verliere dich!

Schweißgebadet wache ich auf. Mein keuchender Atem erfüllt das Zimmer, das T-Shirt klebt an mir, alles dreht sich, mir wird übel und ich kneife die Augen zusammen, um mich nicht übergeben zu müssen. Verfluchte Scheiße!

So leise wie möglich hebe ich die Beine über die Bettkante und setze mich aufrecht hin. Kira schläft am Ende des Bettes, so wie jede Nacht. Dort oder direkt neben mir.

»Es tut mir leid«, dringt ihre verschlafene Stimme zu mir. Ich will sie nicht immerzu wecken, auch heute nicht. Genauso wenig wie ich wieder und wieder dasselbe träumen will. Aber das liegt nicht in meiner Macht, ich kann es nicht verhindern.

Wie kann etwas so schön und gleichzeitig so grausam sein? Ich bin zerrissen. Jede Nacht sehe ich Lynns Gesicht vor mir – ihres und Tias. Jede Nacht stirbt Lynn in meinen Armen und ich kann nichts dagegen tun. Es fühlt sich real an. Der Traum gibt mir das Gefühl, ich könne noch etwas ändern, es besser machen. Er ist eine Lüge.

Ich stütze mich auf meinen Oberschenkeln ab, beuge mich vornüber und warte. Darauf, dass mein Puls sich beruhigt, mein Herz weniger und gleichmäßiger schlägt und die Übelkeit abklingt. Darauf, dass aus der Hitze Kälte wird und mein Körper versteht, dass nichts davon passiert ist – nicht heute Nacht.

Aber es wird nicht besser. Jetzt ist einer dieser Augenblicke, der mich unter sich begräbt und mir keine Chance lässt, ihm zu entkommen. Leise stöhnend hebe ich meinen Kopf und drücke mich mit beiden Händen von der Matratze ab. Ich gehe einen Schritt – dann umfasst mich bereits ein Hauch von Nichts.

Mein Zimmer habe ich hinter mir gelassen. Ich stehe woanders, habe mich teleportiert so weit es ging. Ein Schritt, ein weiterer. Ein tiefer Atemzug.

Jedes Mal ist es wie eine Reise in die Vergangenheit. Wie ein neuer Versuch, zu ändern, was nicht mehr zu ändern ist. Jedes Mal höre ich sie in meinem Kopf: *Mut im Herzen, Liebe in der Seele.* Und ich antworte still: *Hoffnung im Herzen und Träume in der Seele.*

Gute Träume, die viel zu selten da sind. Und starke Hoffnung. Weil es das ist, was ich brauche. Weil ich ohne beides nicht mehr hier wäre. Nicht aufrecht stehen könnte oder die Kraft finden würde, Tag um Tag aufzustehen und zu kämpfen.

Vielleicht werde ich am Ende nicht stark genug sein. Doch nichts und niemand dieser oder anderer Welten wird mich davon abhalten können, es zu versuchen.

Alles in mir schreit nach Rache!

Alles in mir will Malik für das büßen lassen, was er getan hat. Egal, wie er es rechtfertigte.

Alles in mir will Lynn zurück.

Seit dem Moment, in dem sie zu Sternenstaub wurde. Seit einundachtzig Tagen, drei Stunden und unzähligen Minuten und Sekunden. Seit einer Ewigkeit.

Hier, in diesem Raum, zwischen diesen Wänden und auf diesem Boden, weiß ich, dass dieses Ziel das einzige ist, das mich zusammenhält.

Meine Aufmerksamkeit lässt Momenten wie diesen, in denen vergangene Zeiten mich einholen, nach, meine Reaktionen sind nicht so gut wie üblich, deshalb bemerke ich die Schritte hinter mir erst sehr spät. Dumpfe, vertraute Schritte, die an diesem Ort beinahe so oft erklingen wie meine. Im Augenwinkel sehe ich Faras eintreten, während ich mitten im Raum stehend verharre und auf diesen einen Punkt auf dem Boden blicke. Er ist immer noch rot. Der ganze Raum ist wie zuvor, nichts wurde verändert. Wir wollten es so, als Mahnmal, als Erinnerung. Als Andenken an sie, das niemand kennt oder gesehen hat, außer uns beiden und unseren Seelentieren. Aber in Nächten wie diesen ist der Drang, das Blut aus dem Gestein des Bodens zu reißen, so stark, dass ich mich kaum traue zu atmen.

»Einundachtzig Tage«, sagt Faras nur, als er neben mich tritt. »Ich wünschte, ich hätte etwas tun können.«

Ich antworte nicht. Diese Unterhaltung, die eigentlich keine ist, führen wir beinahe jedes Mal, wenn wir uns hier begegnen. Er nennt mir die Tage von Lynns Abwesenheit und wünscht sich mehr und mehr, es wäre nicht passiert. Obwohl er leidet, wird er wie die anderen niemals verstehen können, wie sehr *ich* mir wünsche, dass es anders gelaufen wäre. Besser aufgepasst zu haben.

Fehler verfolgen einen – die einen mehr, die anderen weniger. Wir können sie verdrängen oder aus ihnen lernen. Die größten Fehler sind die, von denen man sich mit allem, was einen ausmacht, wünscht, sie wären nie passiert. Weil sie etwas schlimmer gemacht haben. Weil sie nicht klein und unbedeutend waren, nicht dazu da, um etwas zu lernen. Nein. Nur um dich zu zerstören. Und das Leben hat keinen Knopf, mit dem man es anhalten oder gar zurückspulen kann. Es läuft weiter und weiter, es zieht dich mit. Egal wohin.

Meine Brust wird enger, schnürt sich zu, das Blut vor mir verflüssigt sich, breitet sich über dem Boden aus und fließt auf mich zu. Meine Erinnerung und meine Angst vermischen sich mit meiner Vorstellungskraft. Ich schlafe schlecht. Ich weiß das. Trotzdem kann mich erst Faras' Hand auf meiner Schulter zurück in die Realität holen, in der das Blut längst getrocknet ist und wie alte Farbe auf kühlem Stein liegt.

»Ich werde Malek finden und ich werde Lynn wiedersehen.« Jedes Mal, wenn ich hier bin, spreche ich die Worte aus, damit ich fester daran glauben kann. Sie sind während jedes Atemzugs mein Anker, auch wenn mir klar ist, dass sie sich wie ein Gift in mir ausgebreitet haben. Das weiß ich, weil ich sie in jeder Faser meines Körpers spüre, weil sie sich in jeden Moment der Ruhe drängen. Sie sind wie ein Stück Gefängnis und Freiheit zugleich. Sie sind ein Antrieb – und es ist mir egal, ob er mich am Ende ganz zerstören wird.

»Ich weiß«, sagt Faras und der Griff seiner Hand wird stärker, bevor er sie von meiner Schulter hebt und ohne ein weiteres Wort den Raum verlässt.

Mein Kopf dreht sich in seine Richtung, es ist das erste Mal, dass ich ihn anblicke, und dabei sehe ich nur noch seinen Rücken und wie er von seiner Teleportation verschluckt wird. Wir sehen uns beim nächsten Albtraum, schießt es mir durch den Kopf. Spätestens aber in zwei Tagen zur offiziellen Beisetzung der Königsfamilie. Zu Lynns. Zu Tias.

Tief einatmend schließe ich für einen Moment die Augen, genieße die Stille und die kalte, abgestandene Luft, bevor ich ein letztes Mal meinen Blick durch den dunklen Raum schweifen lasse. Trotz der Dunkelheit ist mir klar, wo welcher Stein sitzt, wie er geformt ist. Zu oft schon war ich hier, habe mir alles durch den Kopf gehen lassen. Bin von Seite zu Seite getigert, wahnhaft, um alles zu analysieren und Wege zu finden, wie es hätte verhindert werden können. Seitdem lasse ich das

Licht aus. Nur die wenigen Strahlen des Korridors sind da und fallen auf den Boden vor mir.

Ich trete zurück, drehe all dem Übel meinen Rücken und gehe aus dem Raum, um mich vor der Tür zurück in mein Zimmer zu teleportieren, in dem Kira auf mich wartet. Sie liegt auf dem Bett, an dem Platz, an dem ich sie zurückgelassen habe. Ich wäre ein Narr, wenn ich glauben würde, dass sie nach meinem Verschwinden erneut Ruhe gefunden hat. Eine Entschuldigung wäre angebracht, aber mein Mund ist versiegelt, meine Lippen fühlen sich an, als hätte man sie zusammengeschweißt, der Geschmack in meinem Mund ist widerlich, mein Magen rumort. Kira sagt so wenig wie ich, aber es wäre auch nicht nötig gewesen, dass sie Worte für mich findet. Sie macht sich Sorgen, sie ist in Trauer, ist genauso wenig sie selbst wie ich. Vielleicht wegen mir.

Als ich mich erneut ins Bett lege, die Arme hinter dem Kopf verschränke, kriecht Kira vorsichtig zu mir und legt ihren Kopf auf meinen Bauch. Sie tröstet mich, auf ihre Weise, bevor sie etwas sagt, das mich erneut zu Boden reißt. Kira war schon immer beides: der Anker und der Sturm. Sie ist meine Wahrheit, mein bester Freund und mein größter Kritiker. Sie ist die, die mich ausgleicht.

»Was ist, wenn wir es nicht schaffen?«, flüstert sie und ich finde keine Antwort auf ihre Frage. Weil ich es nicht in Erwägung ziehen, nicht glauben will.

Ich weiß es nicht.

Kapitel 2

Lynn

Wenn man gefangen ist zwischen Licht und Dunkelheit, zwischen jetzt und immer, ohne Zeit und ohne Herzschlag. Wenn man nicht ist und trotzdem etwas fehlt. Wenn man fühlt, und nicht erklären kann, was oder weshalb …

Ich bin anders. Ich sehe mich um, sehe all die anderen Sterne und frage mich, ob sie in ihrer Stummheit so laut schreien wie ich. Ob sie in ihrer Ruhe so aufgewühlt sind und sie so viele Fragen plagen. Bis ich hinabsehe und etwas erblicke, das ich zu kennen glaube. Etwas, das mich berührt und alle Gedanken vertreibt. Alle Fragen, bis auf eine:

Wer bist du?

Kapitel 3

*Das Leben besteht aus Momenten, in denen man fällt,
und aus solchen, in denen man sich erhebt.*

Juri

Alles ist wie vorher.

Nichts ist wie vorher.

Es ist nur eine große Lüge.

Und es ist das letzte Mal, dass ich meine Mondkriegeruniform tragen werde. Bis heute haben wir alle nicht nur versucht, Maliks Anschlag zu verkraften, sondern es auch geschafft, den Palastsaal wiederaufzubauen. Die Bühne sieht aus wie neu, der Mondstein glänzt, zeigt seine schönsten Seiten, die Wände und Böden strahlen. Keine Asche mehr, kein Staub, keine Trümmer und kein Blut. Der neue Anblick verleitet dazu, all den Schrecken zu vergessen, der hier geschah. All die Verletzten, all die Toten. Malik hat auf einen Schlag beinahe ein ganzes Königshaus ausgelöscht. Eigentlich hat er es geschafft, denn Faras entspringt einer anderen Blutlinie. Viele haben hier in diesem Saal ihren Bruder verloren oder ihre Schwester, die Eltern oder das Kind. Sich selbst. Das ist es, was Menua in Trauer versinken ließ. Verlust und Angst. Es ist nicht so leicht, diese Dinge zu reparieren wie diesen Saal.

Die Angestellten laufen aufgeregt und nervös umher, kontrollieren die Arrangements ein letztes Mal. Die Palastwache ist angespannter denn je, ebenso Faras' Leibgarde, Harú und Kilan. Ich habe die beiden Hauptmänner selbst auf diesen Posten gesetzt, nachdem Faras mich zu seiner rechten Hand ernannt hatte. Er hat es nicht begründet, das musste er auch nicht. Und ich habe geschworen, ihn zu unterstützen, bis die Zeit gekommen ist. Bis heute.

Während Faras letzte Vorbereitungen vor der Bühne trifft, tragen mich meine Beine in eine andere Richtung. Kira folgt mir stumm. Noch ist Zeit. Wenig, aber sie ist da und ich möchte sie nutzen.

Wenn der Druck und der Schmerz in mir kaum zu bändigen sind, komme ich hierher, auf den Balkon. An den Ort, an dem ich Lynn das erste Mal küsste, an dem ich ihr alles versprach und alles gesagt hätte, was sie hätte hören wollen. An den Ort, an dem ich sie bereits verloren hatte, ohne es zu wissen. Dieser Balkon wird von Hoffnung getragen. *Wir* wurden von ihr getragen, als wir auf ihm standen und nicht ahnten, was vor uns lag. Ja, wir waren voller Träume und Hoffnung.

Meine Lunge saugt die Luft ein. Es ist Nacht. Unten leuchten so viele Sterne wie oben. Das Volk Menuas steht vor den Toren, mit Kerzen und Fackeln, und jedes Licht sieht von hier aus wie ein Stern. Sie erstrecken sich so weit ich sehen kann und ich folge ihnen bis zum Horizont, dann lege ich den Kopf in den Nacken und schaue nach oben. Ich lebe und ich kämpfe. Weil ich es ihr versprochen habe. Weil ich sie sehe, wenn ich meine Augen schließe. Weil ich mir keinen Ort vorstellen kann, an dem es sie nicht mehr geben soll.

»Komm, es ist so weit«, höre ich Kira neben mir sagen, während sie mich mit ihrer Schnauze anstupst. Aber ich rühre mich nicht. Ich starre weiter in den Himmel, zu den Sternen – nein, ich schaue zu zwei Sternen, den beiden einzigen, die mich interessieren. Nebeneinander, klein und groß.

Meine Hand wandert zu Lynns Langstock. Jim. Ich erinnere mich an unsere erste Begegnung und an ihren ersten Moment auf Menua. Ich sehe sie bildhaft vor mir, wie sie mich skeptisch mustert und wie sie nachdenkt. Wie sie ihre Nase krauszieht. Ihr wachen, großen Augen. Mutig und ängstlich zugleich, genau wie ihr Herz. Es ist egal, wo ich bin, und es ist egal, wo ich stehe, ich höre ihre Stimme in meinem Kopf und sehe ihr Lächeln vor mir.

Kira stupst mich erneut an, dieses Mal kräftiger und drängender. Wir müssen gehen, ich weiß. Und in diesem Moment werde ich das Gefühl nicht los, dass ich eine sehr lange Zeit nicht mehr hier werde stehen können, um die vergangene Hoffnung zu spüren und den Zauber dieses Ortes.

Ruckartig löse ich mich von dem Anblick der Sterne und der Lichter Menuas und gehe mit Kira hinein. Drinnen ist es warm, die dicke Luft schlägt mir entgegen, aber sie wirkt beinahe tröstlich und gemütlich. Die Atmosphäre ist erfüllt von Trauer und Freude zugleich, von Abschied und Neubeginn.

Meine Schritte verlangsamen sich, als ich Harú wahrnehme, der direkt auf mich zukommt. Das passt sehr gut.

»Sind die Wachen auf ihren Posten? Sind die Nebeneingänge verschlossen und stehen dort Wachen?« Harú nickt zu jeder meiner Fragen.

»Ich habe eben alles überprüft. Der Zugang nach oben ist ebenfalls durch Wachen versperrt und gesichert. Für heute haben wir ihnen die Gesellschaft und die Rückendeckung ihrer Seelentiere gestattet. Ganz, wie du gewünscht hast«, berichtet er mir. Lynn hätte es so gewollt. Sie hat sich gleich zu Beginn darüber gewundert, warum die Bewohner Menuas nicht mit ihren Seelentieren durch den Palast laufen durften. Sie tat es einfach. Faras macht es seit einigen Tagen ebenso. Tay, eine Hyänendame, begleitet ihn und ist stets auf der Hut. Ich denke, er möchte damit irgendetwas wiedergutmachen. Vielleicht genießt er auch nur ihre ständige Nähe und ihren Halt. So wie ich den von Kira.

»Danke, Harú. Geh zum König. Ich werde die Wachen und Krieger am Eingang etwas unterstützen und sie ein letztes Mal einweisen.« Er nickt mir erneut zu, bevor er verschwindet und ich hoffe, er hat nicht gemerkt, dass ich eigentlich nur wegwill von hier und die Verantwortung, die auf meinen Schultern liegt, gerade nicht stemmen kann. Im Foyer kann ich versuchen, unbemerkt am Rand zu stehen. Zumindest nachdem jeder genau weiß, was zu tun ist und bis die Zeremonie beginnt.

»Wirst du es schaffen?«

»Komm, lass uns nach unten gehen, Kira.«

»Du weichst mir aus«, meckert sie. Zu Recht. »Seit Wochen. Ich bin nicht dein Feind.« Ihr Tonfall ist leise, aber nachdrücklich.

»Das habe ich nie behauptet.«

»Dann schließ mich nicht aus!«

»Glaub mir, du willst kein Teil von mir sein, Kira. Nicht von dem, der ich gerade bin. Der ich bald sein muss.«

»Aber das bin ich doch längst«, flüstert sie und ich kann nicht anders, als mich ein Stück nach unten zu beugen, um meine Hand auf ihren Kopf zu legen und über ihr Fell gleiten zu lassen. Ich würde ihr gerne sagen, dass es mir leidtut. Weil nichts davon ihre Schuld ist. Aber ich schlucke die Worte herunter, weil mit ihnen weitere hinauswollen würden. Ich darf dem nicht nachgeben. Nicht, weil ich dadurch Schwäche zeigen würde, denn das wäre mir egal. Es wäre egal, weil man auch in schwachen Momenten stark ist. Vielleicht gibt es keine, in denen man stärker ist. Und in diesem Augenblick leuchtet Kira auf, heller als zuvor, als könne sie meine Gedanken hören. Nein, weil ich mich dann in all den Worten und ausgesprochenen Dingen verlieren könnte. Worte sind immer realer als Gedanken.

Mit steifen Bewegungen gehe ich in Richtung Foyer, in dem Dutzende Wachen und Krieger warten. Heute tragen sie alle ihre Waffen klar ersichtlich. Ihre Schwerter, Dolche, Stöcke und Wurfmesser. Ihre Begleiter weichen nicht von ihrer Seite. Seit dem Anschlag wurden die Sicherheitsvorkehrungen massiv erhöht. Nicht nur auf Menua, auch auf den anderen Planeten. Faras war gezwungen, sehr zeitnah Versammlungen beizuwohnen und sich mit den Vertretern der Planeten zu beraten, anstatt zu trauern und sich selbst die Zeit zu nehmen, die er brauchte. Viele der anwesenden Vertreter kannten Malik. Zumindest dachten sie das. So wie ich.

Ich bleibe am Ende des Ganges stehen, sehe mich um. Alles ist vorbereitet, sanftes Licht erstrahlt, die kleinen Fackeln am

Rand lassen Schatten an den Wänden tanzen; der schwarze Teppich, der sich im Zwielicht seinen Weg vom Eingang in den großen Saal bahnt, scheint mit uns mit zu trauern. Auch die kleinen weißen aufgenähten Sterne können daran nichts ändern. Niemand lacht. Jeder ist angespannt. Ich kann es nicht verhindern, aber genau das bringt mich erst recht dazu, zu grinsen, für ein, zwei kleine Sekunden, die viel länger scheinen, als sie sind. Weil Lynn gelacht hätte. Sie hätte eine Grimasse geschnitten oder die Augen verdreht, weil die Ernsthaftigkeit in diesem Palast so greifbar ist. Sie hätte andere zum Lachen gebracht. Zum Leben. Zum Fühlen. Egal wie. Weil sie eben Lynn war, das Mädchen, das eine Prinzessin war, ohne es zu wissen. Das Mädchen, das so viel mehr sein wollte und nicht sehen konnte, dass es das schon längst war.

Ich räuspere mich, mein Kiefer knackt, als ich die Zähne zu fest aufeinanderpresse und versuche, zu vergessen und festzuhalten zugleich. Es ist, als würde man mit sich selbst kämpfen. Mein Nacken ist angespannt, ich kreise leicht den Kopf, drehe ihn, um die Verspannung zu vertreiben, achte auf meine Atmung. Es ist schwer, sich auf das Hier und Jetzt einzulassen, wenn man etwas herbeisehnt, das noch seine Zeit braucht.

Und da sehe ich sie. Überall hängen Girlanden aus Lunaria. Sie glänzen silbergolden im Schein des Feuers. Mir ist nicht klar, wie lange ich sie betrachte, aber irgendwann gleitet mein Blick zurück zu Kira. Ich nicke ihr zu, rücke meine Schwerter und Lynns Stock zurecht. Der Anzug sitzt, die Waffen ebenso. Ich bin bereit. Egal für was oder wen.

»Ich werde mit dir kämpfen. Ich werde immer bei dir sein. Obwohl ich mir sicher bin, dass uns Rache keinen Frieden bringt … Dass uns dein Versprechen keines bringen *kann*, und auch wenn ich glaube, dass Lynn das nicht gewollt hätte … Ich folge dir überallhin.« Kiras Stimme dringt zu mir, laut und klar, aber nur für mich bestimmt. Ihre Worte bedeuten mir so viel, obwohl sie Zweifel wecken. Wahrscheinlich werde ich nie wissen, ob es das Richtige war. Verflucht, wer weiß das schon? Aber ich habe es versprochen. Er hat es verdient. Er wird danach nie wieder jemandem schaden. Nie wieder so viele Menschen verletzen. Obwohl Kira keine andere Wahl gehabt hätte, so ist es tröstlich zu wissen, dass sie an meiner Seite ist, weil sie will, nicht weil sie muss.

Meine Aufmerksamkeit richtet sich ein letztes Mal auf die Mondblumen und Erinnerungen, bevor sie sich auf die Krieger und Wachen richtet, die mich größtenteils mustern und abwartend ansehen. Ich erwidere ihre Blicke, halte ihnen stand, ohne zu wissen, was sie mir sagen wollen. Ihre Begleiter sind teils ruhig und abwartend, andere leuchten immer wieder hell auf, weil ihre Anspannung so groß ist, sie sind sichtbar nervös.

Ich trete mit Kira ins Foyer und erhebe meine Stimme.

»Die Gäste werden bald eintreffen. Lasst sie ein, seid freundlich, begrüßt sie. Gleichzeitig überprüft sie, denkt daran, diskret zu sein, aber gründlich.« Ich schlucke schwer. »Weist ihnen den Weg in den Hauptsaal. Aram, geh und bereite den König bei Einlass vor, damit er die Gäste ebenso begrüßen kann. Seid wachsam.« Die letzten Worte lösen sich nur schwer, verlassen nur widerwillig meinen Mund. Sie klingen wie eine Drohung, ohne dass ich es verhindern kann. Nach einem kurzen Moment nicke ich den Mondkriegern zu und trete zur Seite. Eigentlich will ich unbemerkt am Rand das Geschehen beobachten und danach direkt zu Faras zurückkehren, doch etwas in mir zieht mich woanders hin.

Mein Gefühl. Bei diesem Gedanken muss ich beinahe lachen. Es hat mich getrübt, was Malik anging. Etwas, das ich noch verarbeite. Dem eigenen Gefühl nicht mehr trauen zu können, ist etwas, das ich niemandem wünsche.

Zuerst bleibe ich stehen, versuche das Gefühl weiter zu ergründen, bis ich merke, dass ich keine andere Wahl habe, als ihm zu folgen. Also gebe ich dem Sog nach. Ich spüre Kiras Verwirrung, sehe sie in ihren Augen, aber sie fragt nicht, was ich vorhabe. Sie folgt mir still, aber wachsam die Treppen hinauf in den ersten Stock, geht mit mir durch die langen Flure, vorbei an unzähligen Zimmern. Und zeitgleich mit mir merkt sie, wohin uns mein Gefühl gebracht hat. Sie bleibt stehen, als ihr klar wird, wohin es geht.

»Nein.«

Schwer atmend und mit anschwellendem Druck in der Brust drehe ich mich zu ihr.

»Ich muss, Kira. Es wird Zeit.« Bis eben war mir das nicht klar. Jetzt schon. Und ich kann nicht einfach zurückgehen, da ich dem Drang so leicht nachgegeben habe und ihm gefolgt bin. Ich muss weitergehen.

»Nein«, flüstert sie und das erste Mal in all der Zeit ist sie es und nicht ich, die ihren Schmerz und ihre Trauer nicht verbergen kann. Ihr Licht flimmert, flackert, bricht.

»Du kannst draußen warten, wenn du das willst. Aber ich muss das tun«, erwidere ich so verständnisvoll wie möglich.

»Warum? Warum jetzt und warum überhaupt? Wir waren nicht da, seit …« Sie beendet den Satz nicht und das ist auch nicht nötig. Seit dem Ball, seit diesem Tag waren wir nie wieder hier oben und erst recht nicht in Lynns Zimmer. Wir haben zu viel in unserem gesessen, in Versammlungen und Konferenzen. Ich war zu oft in einem anderen Raum, getränkt von Blut und Tod. Aber nie hier.

»Wenn ich es erklären könnte, würde ich es tun. Wir werden morgen nicht mehr hier sein, vielleicht nie wieder. Ich weiß nicht, was die Zukunft bringt. Ich kenne den Plan, das Ziel, aber nicht das Ende. Ich muss …« Ja, was? Ein letztes Mal alles sehen? Abschied nehmen? Es ist egal und das wäre es ebenso, wenn ich es wüsste.

Meine Füße gehen weiter, meine Beine nehmen mich mit und jeder Schritt wird schwerer, jeder, der mich näher an ihre

Tür bringt. Gerade noch so kann ich mich davon abhalten zu klopfen. Leise fluchend lege ich die Hand auf den Türknauf. Sie zittert ein wenig. Ein eigenartiges Gefühl. Ich halte inne und lausche. Mein Herzschlag beschleunigt sich, in meinen Ohren rauscht das Blut. Es ist jemand in dem Zimmer.

Ohne nachzudenken ziehe ich eines meiner Schwerter, drehe den Knauf, leise, langsam – und öffne die Tür. Stück für Stück. Alles und nichts erwartend schiebe ich sie weiter auf und blicke in das dunkle Zimmer. Nur wenige Ecken werden von leichtem Licht angestrahlt, vom Licht der Sterne.

Jemand ist hier. Jemand weint. Bevor mein Schwert aufleuchtet, höre ich Kiras Stimme.

»Iza?«, flüstert Kira plötzlich neben mir, drängt mich zur Seite. Sie rennt in den Raum hinein, während ich zu den Kerzenhaltern gehe, nach Streichhölzern suche und versuche, Licht zu machen.

Irgendwann ist es geschafft, die Flammen lodern auf, tauchen Lynns Zimmer in wärmere Farben. Mein Blick fällt auf Kira, die neben dem Bett sitzt und ihren Kopf darauf gebettet hat. Auf Iza, die darauf liegt und weint. Halb begraben unter einem Berg aus Tüllkleidern.

Ich bleibe, wo ich bin. Kira tröstet Iza, schmiegt sich an ihr Bein, immer und immer wieder, stupst sie an, winselt leise. Zeigt ihr, dass sie da ist und sie versteht. Doch Iza schluchzt noch lauter als zuvor. Das dumpfe Geräusch ihres Weinens und Atems erfüllt den Raum, der mir so bekannt war und nun so fremd vorkommt. Der Drang, zu ihr zu gehen und Kira zu unterstützen, ist groß, trotzdem verharre ich an Ort und Stelle, denn was sollte ich schon sagen? Alles wird wieder gut? Es ist nur halb so schlimm? Hör auf zu weinen, Iza? Leere Floskeln, bedeutungslose Worte, die unsere Gefühle Lügen strafen. Es wäre Schwachsinn und jeder würde es wissen. Wieso wollen wir so was hören? Es bringt uns nichts.

Es bringt Hoffnung, hallt es in meinen Gedanken wider und es würde mich weniger hart treffen, hätte ich nicht Lynns Stimme dabei in meinen Gedanken gehört.

Meine Füße bewegen sich, meine Beine tragen mich fort, aber nicht zu den beiden, denn ich kann niemanden trösten. Nicht jetzt und nicht heute. Vor der großen Glasfront bleibe ich stehen, schaue auf die Erde und auf all die Sterne und Lichter, die sie umrahmen. Als Lynn das erste Mal hier stand, konnte sie es nicht glauben, sie wirkte verloren und so einsam. Ich erinnere mich – an jeden Ausdruck in ihrem Gesicht, an die Träne, die sie nicht zurückhalten konnte. Ich fing sie auf, als sie fiel, und ich weiß, sie würde wollen, dass ich das auch für Iza tue. Sie würde wollen, dass ich es versuche. Deshalb atme ich tief ein, schlucke den Fluch herunter, der mir schon auf den Lippen liegt, und drehe mich um. Zielstrebig gehe ich auf Iza zu, spüre Kiras Blick auf mir, als ich mich auf die Bettkante setze und nach ihrer Hand greife – ohne etwas zu sagen. Es ist kalt hier drin. Kalt und leer, und es kommt mir so vor, als würde der Raum mit uns um Lynn trauern oder wenigstens uns selbst widerspiegeln.

Meine Hand umfasst Izas fester, sie ist klein und verschwitzt, sie hat ein paar Schwielen von der Arbeit. Sie zittert.

Und meine zittert mit.

Izas Handgelenk leuchtet auf, ihr Sternbild, und ihr Begleiter fliegt hinaus.

»Verschwinde, Minu«, flüstert Iza erstickt, als der kleine, bunte Vogel ihr vors Gesicht fliegt, sie mit dem Schnabel anstupst und sich auf ihrer Schulter niederlässt. Er schmiegt sich an sie.

»Ich gehe nirgendwohin, du hast mich lange genug festgehalten. Ich bin genau da, wo ich sein muss. Schick mich nicht wieder weg.« Seine Stimme ist hell und klar, sie ist weich und gleicht einem Singsang. Seine Farben glänzen, das Sternenlicht lässt sie leuchten und macht sein Gefieder einzigartig.

Als Iza ruckartig den Kopf hebt, rutscht Minu herunter. Sie entzieht mir ihre Hand, wischt sich die Tränen weg und versucht, etwas durch ihre verquollenen Augen zu sehen. Kira weicht zurück, als Iza plötzlich nach den Kleidern greift, die völlig kreuz und quer unter und über ihr liegen, die halb ineinander verknotet sind und sich wahrscheinlich nicht lösen lassen, ohne dass sie aufsteht. Sie zerrt daran, der Stoff reißt, gibt ein ekelhaftes Geräusch von sich, sie schiebt die Stoffe weiter von sich, so weit es geht, und ihr kleiner Körper versucht mit aller Macht, sich von dem Berg an Kleidern zu befreien. Doch er schafft es nicht.

Wir sehen nur zu. Weil es ihr Kampf ist.

Weil sie irgendwann von selbst aufhört und ihre Aufmerksamkeit auf mich richtet.

»Sie hat es gehasst«, wispert sie, bevor sie noch einen letzten Blick auf das Chaos um sich herum wirft. Mit den Fingern ihrer rechten Hand greift sie in den bunten Stoffberg und zupft daran herum, ihr Gesicht verzieht sich voller Ekel. »Das alles. Den Tüll, die Kleider.« Sie lacht freudlos auf. »Wir haben ihr ein Leben gegeben, das sie umgebracht hat.« Izas Stimme bricht bei den letzten Buchstaben und ich schlucke schwer, muss mich mit aller Kraft daran hindern, aufzustehen, zu schreien und etwas in Stücke zu reißen. Mit meinen Schwertern jeden Zentimeter dieses Zimmers zu zertrümmern.

Ich spüre Kiras Blick auf mir, höre beinahe ihre tröstenden Gedanken und reiße mich zusammen.

»Iza, ich …« Doch gerade als ich ansetze, dreht sie ihren Kopf abrupt zu mir, ihre Augen fixieren mich, mit ihren Hände greift sie nach meinen. Sie unterbricht mich energisch.

»Versprich mir, dass du ihn findest.« Ihre Worte sind eindringlich, ihre Stimme nur ein Hauch. Ich kann nicht mehr als nicken. Auch sie hatte Malik vertraut. So wie wir alle. Lynn war wie eine Tochter für sie.

Und während Izas Augen sich wieder abwenden, Minu zu ihr zurückfliegt und sie ihre Finger erneut im Tüll der Kleider vergräbt, erhebe ich mich und gehe zur Tür.

»Sie hat dich geliebt, Juri. Wir wussten es. Und niemand von uns hatte den Schneid, etwas zu sagen. Etwas zu ändern. Wir haben sie alle im Stich gelassen.«

Ich werde Izas Weinen nie vergessen und die Trauer in ihrer Stimme. Ich werde daran denken, wenn ich Malik finde und mein Schwert in ihm versenke.

Kapitel 4

Man kann nicht leben, ohne zu lieben.
Nicht richtig.

Juri

»Öffnet die Eingangstore, lasst die Gäste herein!« Meine Stimme hallt durchs Foyer, laut, kratzig und voll unterdrückter Wut, während ich auf der untersten Treppenstufe stehe und die Hauptmänner und Wachen anweise. Sie wissen, was zu tun ist, wir haben es so oft besprochen, dass die Anweisungen zu einem Mantra geworden sind. Dennoch wabert Anspannung durch die Luft. Das letzte Mal, als diese Tore geöffnet wurden, gab es einen Anschlag. Jetzt müssen wir die Tore erneut öffnen, nein, wir wollen es, weil wir die, die wir verloren haben, verabschieden wollen. Weil ganz Menua das möchte. Und gleichzeitig will ich in diesem Moment nichts mehr, als die Tore verschlossen zu lassen, damit das nicht passiert. Ich will keine Zeit mehr verlieren. Und ich will Lynn nicht verabschieden.

Wenn wir Abschied nehmen, vergessen wir.

Ich werde beides nicht tun.

Meine Uniform klebt an mir, genauso wie das mulmige Gefühl, das das Zusammentreffen mit Iza hinterlassen hat. Während ich meine Hand durch Kiras Fell gleiten lasse, frage ich mich, wie lange Iza in Lynns Zimmer sitzen bleiben wird, wie lange sie wohl schon dort ist. Wie lange sie ertrinken wird. Jeder ertrinkt nach einem Verlust – in Trauer, in Wut, in Erinnerungen oder Gleichgültigkeit. Das kann niemand abstreiten oder verhindern. Es passiert einfach. Die Frage ist, worin ertrinken wir und wie lange? Schaffen wir es hinaus und ans rettende Ufer? Ich hoffe es für sie. Für uns.

Ich wünschte trotzdem, ich wäre nicht dort gewesen, hätte auf Kira gehört und nicht auf mein Gefühl, von dem ich glaube, es hat mich nur erneut in die Irre geführt. Denn Izas Worte haben sich festgekrallt. Sie sind wie kleine Dolche, die sich in meine Gedanken bohren.

Wir haben es alle gewusst.

Wir haben es alle gewusst.

Wir haben es alle gewusst.

Wir haben nichts getan.

Nein, das haben sie nicht. Was hätten sie tun können?

Ich schüttle kurz den Kopf, fahre mir durch die Haare und stelle mich aufrechter hin als zuvor. Ein Gast nach dem anderen betritt den Palast, das Foyer füllt sich, Adlige und das einfache Volk sind eingeladen. Heute sind sie vor allem eines: Kinder Menuas. Sternenkinder.

Faras Anweisung lautet: Lasst so viele ein wie möglich. Der Rest soll sich im Hof versammeln und Licht spenden.

Sie werden willkommen geheißen, werden in den Saal geführt. Überall, wo ich auch hinsehe, Schwarz und Silber. Ein ganzes Meer davon, in dem ich Ausschau halte nach einem Mädchen in einem roten Kleid, das nie die Eingangstore passieren wird.

Dafür tritt ein anderes bekanntes Gesicht ein und lässt mich meinen Platz am Ende der Treppe verlassen. Ich schiebe mich vor und versuche mich an einem Lächeln. Einem, das sich beschissen anfühlt und wahrscheinlich nicht besser aussieht.

»Juri.« Prinz Gardo begrüßt mich, sagt meinen Namen, als wäre ich ein Freund. Ich ergreife seine Hand und drücke sie, wir neigen unsere Köpfe leicht, und obwohl niemand etwas sagt, erzählen wir uns eine Geschichte. Sein Gesicht musternd stehe ich da und erkenne die Narben darin. Die Narben, die sich über seine ganze linke Seite ziehen und die ihn wohl ewig an diesen einen Tag erinnern werden. Dass er da war. Dass er überlebt hat. Danach entdecke ich die Frau an seiner Seite und lasse von ihm ab. Sie ist unscheinbar, aber auf ihre Art schön. Sie hat dunkles, welliges Haar, braune Augen und ein einnehmendes Lächeln. Ihre Lippen sind dünn und blass, ihre Haut dafür weniger. Sie ist das genaue Gegenteil von Lynn – schießt es mir durch den Kopf.

»Verzeih. Das ist Sahir, meine …« Gardo stockt und räuspert sich kurz. »Meine Verlobte.« Für einen Augenblick rammt sich dieses Wort mit voller Wucht in meinen Brustkorb und ich bekomme keine Luft. Nur einen Wimpernschlag. Wahrscheinlich hat es niemand bemerkt.

Verlobte.

»Es ist mir eine Freude, Euch kennenzulernen.«

Kira bleibt stumm neben mir. Ich hingegen verbeuge mich, bemühe mich, ehrlich zu klingen. Weil es keine Lüge ist, denn sie kann nichts dafür und er auch nicht. Aber ich gestehe, dass ich mich wundere. Dass er sie mit hierher bringt … Auf eine nicht zu erklärende Art macht es mich wütend.

Verflucht, ich muss es auch nicht erklären!

Mein Kiefer mahlt, meine Hände sind zu Fäusten geballt. Sahir stellt sich bereits näher an Gardo, langsam, unauffällig und doch auffällig genug. Es entgeht mir nicht. Ich jage ihr Angst ein.

»Ich sehe, du trägst deinen Bart etwas länger.« Gardo versucht die Situation aufzulockern. Ein miserabler Versuch. Einer, auf den ich nicht eingehe.

»Sahir, würdest du mich einen Moment mit Juri allein lassen? Wir treffen uns gleich im Saal. In Ordnung?« Sie nickt schüchtern, reckt mir aber ihr Kinn entgegen, beinahe aus Trotz, und auf Gardos Blick hin rufe ich eine Wache herbei, die sie hinein begleiten soll. Als Sahir außer Sicht ist, kann ich mich etwas entspannen.

»Du kennst Kira noch?«

»Aber ja. Schön, dich zu sehen.« Kira neigt leicht den Kopf. Sie reißt das Gespräch nicht an sich. Vielleicht, weil auch sie verletzter ist, als sie zugeben will.

»Komm, lass uns deiner *Verlobten* folgen und in den Saal gehen. Der König wird wohl bald mit seiner Ansprache beginnen.« Das Wort Verlobte fühlt sich ausgesprochen wie Säure an. Jedes andere klang verkrampft. Gardo folgt mir, geht dicht neben mir, solange wir uns dem Strom in Richtung Saal anschließen. So viel zu: Ich bleibe unbemerkt am Rand, beobachte alles.

Gardo erhebt seine Stimme, sagt etwas, mit dem ich nicht gerechnet habe. »Sie fehlt mir genauso wie dir.«

Meine Schritte werden ungleichmäßig, ich gerate aus dem Takt und vernehme Kiras leises Knurren neben mir.

»Ich glaube nicht, dass das stimmt«, erwidere ich mit zusammengepressten Zähnen. Voller Wut.

»Vielleicht nicht auf die gleiche Art wie du, aber ...« Er fährt sich durch sein königliches Haar und für einen Moment bin ich versucht, ihm zu glauben.

»Lynn hätte mich nicht gewählt. Sie war zu gut für diesen Palast und diese Welt. Sie hat mich gerettet – sie hätte es getan.« Während Gardo redet, ist sein Blick stur nach vorn gerichtet, ich hingegen mustere ihn unverhohlen und versuche herauszufinden, wie viel Wahrheit in seinen Worten steckt.

»Sie war meine Freundin. Sie wurde zu einer. Wir haben uns lange und gut unterhalten.« Kurz huscht ein Lächeln über sein Gesicht. »Sie hat mich sofort durchschaut. Sie war ... klug und witzig. Meist ungewollt, aber sie war es. Sie war gütig. Aber vor allem gab sie mir das Gefühl, etwas Besseres verdient zu haben, als mein Leben mir geben wollte. Sie hat es sofort gewusst. Sie hat sofort erkannt, was sonst niemand sehen wollte: Dass ich mein Herz schon an jemanden verloren hatte, den ich nicht haben durfte.«

Meine Kehle schnürt sich bei seinen Worten zu. Und mit jedem von ihnen wird seine Stimme rauer.

»Sie war das Küchenmädchen. Für mich war sie nur Sahir. Und als Lynn damals ganz unverblümt und ohne Vorwarnung fragte: ›Wer ist sie?‹ Da war ich … ich weiß auch nicht. Verblüfft? Vor den Kopf gestoßen? Aber aus irgendeinem Grund habe ich es ihr erzählt und während ich das tat, sah ich es ihr an. Dass sie sich selbst in meinen Worten wiederfand. Als ich sie dasselbe fragte, wer er ist und wie er heißt, hat sie deinen Namen nicht genannt. Aber ich wusste, dass es dich gibt. Schon da hat ihr Herz dir gehört.«

Meine Gedanken drehen sich, mir wird schlecht. Ich will das nicht hören, weil es nicht besser wird. Es ändert nichts.

»In der Nacht, als es geschah, sagte sie zu mir, dass sie mich nicht wählt. Weil sie mich mag. Weil sie möchte, dass wenigstens einer von uns glücklich wird. Und sie nahm mir das Versprechen ab, dass ich nach Hause gehe und um das kämpfe, was mir wichtig ist. Ungeachtet der Regeln und der Konsequenzen. Sie hat sich selbst zu unserer Hochzeit eingeladen.« Die letzten Worte sagt er leise, mit verblüfftem Gesichtsausdruck, und ich kann mir Lynn in diesem Moment genau vorstellen. Stark, wundervoll und …

»Sie hätte ein Nein nicht gelten lassen.« Er schüttelt den Kopf, als könne er es noch immer nicht glauben.

»Nachdem ich genesen war, tat ich, was ich ihr versprochen hatte. Zuerst hatte ich Angst. Davor, dass Sahir mich nicht wollte – oder nicht mehr. Schließlich war ich nicht länger derselbe. Aber sie sagte Ja und ich kämpfte, bis meine Eltern nachgaben. Die Hochzeit … ich wollte, dass sie erst nach diesem Abend stattfindet. Ich, nein, *wir* würden uns sehr freuen, wenn du dabei sein könntest.«

Was soll ich darauf antworten? Was soll ich verflucht noch mal sagen? Dass ich dachte, er wäre ein Arsch, dass er aber anscheinend ganz anders ist? Ich würde ihm gerne sagen, dass ich ihm das gönne, das Glück, die Liebe, das Leben, aber ich kann nicht. Ich kann es einfach nicht. Ich glaube, es wäre gelogen. Oder soll ich ihm vielleicht sagen, dass das alles so typisch nach Lynn klingt, dass mich sofort das Gefühl überkommt, sie wäre hier?

Aber das ist sie nicht. Wäre sie hier, würde ich lachen und ihn umarmen. Ich würde ihn beglückwünschen und zu seiner Hochzeit gehen – mit ihr. Und ich würde es ihm wirklich gönnen. Ja, irgendwie hätten wir das hinbekommen. Zumindest rede ich mir das ein.

Schwer schluckend versuche ich, auf jeden meiner Schritte zu achten.

»Wir danken dir. Wir werden unser Möglichstes tun.« Mein Blick huscht zu Kira, die geantwortet hat. Gardo nickt ihr und mir höflich zu. Wahrscheinlich weiß er, dass sie nur nett sein wollte. Trotzdem greift er in sein Jackett und zieht einen pastellgrünen Umschlag hervor, den er mir in die Hand drückt. Das Wort Einladung prangt in verschnörkelten dunkelgrünen Lettern darauf. Schnell stecke ich ihn ein, denn meine Hand droht sich an diesem Brief zu verbrennen.

Seite an Seite gehen wir weiter.

Gardo hat gesagt, was er zu sagen hatte. Mir ist klar, dass nun ich derjenige bin, der etwas erwidern müsste, das tue ich zunächst nicht. Es ist keine Gleichgültigkeit, auch wenn er das denken mag. Es ist das genaue Gegenteil. Es wühlt mich zu sehr auf und reißt mich zu sehr mit.

Je näher wir dem Saal kommen, desto unangenehmer wird die Stille. Tatsächlich gäbe es Tausende von Dingen, die ich sagen könnte, aber mir fällt in diesem Moment nur eines ein.

»Danke.« Während ich das sage, schaue ich nach vorn, auf das schwarze Kleid irgendeiner Dame, auf einen fixen Punkt.

»Du wirst ihn suchen, nicht wahr?« Eigentlich ist es keine Frage. Wenn man genau hinhört, ist klar, dass Gardo sie sich selbst beantworten kann. Deshalb antworte ich nicht.

»Wenn du auf deiner Reise je einen Freund brauchen solltest, weißt du, wo du mich findest.«

Kapitel 5

Ach, wie gut, dass niemand weiß …

Malik

Juri ist töricht. Er ist ein hoffnungsloser, verflucht sturer und nachtragender Narr. Das war er von Anfang an und obwohl ich ihn und seine Reaktion nicht verstehe, ist mir absolut klar, dass mein Plan etwas, sagen wir, ungünstig verlaufen ist. Im besten Fall wäre Lynn schon nach ihrer Geburt endgültig verschwunden oder mit siebzehn, aber das ist nicht passiert und ab da ging alles bergab. Wegen jemandem, der sich nicht an den verfluchten Plan gehalten hat. Juri hätte nie mitbekommen dürfen, dass ich es war. Er ist wie ein Sohn für mich, er fühlt zu viel. Zu viel und zu falsch. Das wollte ich ihm ersparen. Ich wollte ihn retten. Ich wusste, er würde es nicht verkraften, und ich wusste, seine Sicht wäre getrübt. Er und sein Herz wurden vergiftet. So wie meine Schwester und ihres damals.

Aus irgendeinem Grund habe ich bis zuletzt geglaubt, er würde am Ende verstehen, warum ich es tat. Vielleicht steht Juri bald neben mir und wir kämpfen Seite an Seite. Dieser Gedanke gibt mir immer wieder neue Energie.

Ja, Juri wird erkennen, dass ich tat, was getan werden musste. Dass ich es für ihn tat. Bis dahin werde ich ihm zeigen, wie sehr mich seine Ablehnung getroffen hat und dass ich ihm stets einen Schritt voraus sein werde.

Die drei Männer um mich herum sind im Gegensatz zu Juri keine Narren. Nein, sie sind Idioten. Idioten mit besonderen Fähigkeiten und ohne Gewissen, die hoffentlich besser Befehle ausführen können als ihre Vorgänger. Aber ich darf mich nicht beschweren, schließlich habe ich sie angeheuert.

Mit Geld kann man alles kaufen. Es interessiert nicht, wo es herkommt. Und wenn es genug ist, interessiert es auch nicht, was man dafür tun soll. Fünf Männer sind also an meiner Seite, die nicht mir treu ergeben sind, sondern meinem Geld. Aber das ist das Gleiche. Sie werden ihren Zweck erfüllen.

In diesen Zeiten ist ihr Auftrag zwar nicht besonders leicht, aber durchaus machbar. Auch wenn jeder Planet seine Sicherheitsmaßnahmen erhöht und jeder nach mir Ausschau hält, so werde ich mit Sicherheit Verbündete finden, wenn es darauf ankommt. Wenn Juri nicht erkennen sollte, was gut für ihn ist. Und der Gedanke daran lässt mich grinsen.

Leise, beinahe geräuschlos und im Einklang mit der Dunkelheit schleichen wir an den dicken Mondsteinmauern entlang. Eine Wache, bereits vor dem kleinen Seiteneingang, der zu einem kleinen Gang und von da aus zur Küche und Vorratskammer führt.

Wie eine Schlange nähere ich mich dem Wachposten, nahezu geräuschlos, hinterlistig, effizient, gefährlich – und bevor er weiß, was los ist, greife ich zu, halte ihn fest. Ein schneller Ruck, ein Knacken. Er gleitet zu Boden.

»Warum all der Aufwand? Wieso können wir Juri nicht einfach töten?« Eliah hat die Worte leise gesprochen, es war eine einfache Frage, gefolgt von einem genervten Schnauben, und ich kann meine Reaktion darauf nicht verhindern. Meine Faust trifft seinen Nasenrücken schnell, mit voller Wucht und, wie ich seinem Gesichtsausdruck entnehmen kann, unerwartet. Seine Augen weiten sich vor Schreck.

»Halt dein Maul! Wenn ich diese Frage ein weiteres Mal höre, schneide ich demjenigen die Zunge heraus«, zische ich. »Wir töten ihn, wenn es sein muss. Wenn er nicht zu uns gehören will. Wir töten ihn, wenn es so weit ist.« Ich kann das Lächeln nicht unterdrücken, das sich auf meinem Gesicht ausbreiten will. Noch habe ich Geduld.

»Jetzt sorgen wir für ein wenig Aufmerksamkeit und ein kleines bisschen Chaos.«

Lor kriecht um die Ecke auf uns zu, mein Salamander. Ich bücke mich, schiebe ihn auf meine Hände und er schmiegt sich an mich. Etwas blitzt in seinen Augen auf und ich weiß, er hat gefunden, wonach er gesucht hat.

»Er ist da?«

Lor nickt und er leuchtet auf.

»Wo ist er?«

»Auf dem Weg. Er ist auf dem Weg«, sagt er leise und kichert.

Gut, denke ich. Sehr gut. Es kann losgehen.

Kapitel 6

Es wird stets Momente geben, in denen dich dein Gefühl trügt.
Du wirst Angst haben, du wirst zweifeln.
Am meisten an dir selbst.
Aber dadurch wird es nur schlimmer werden.
Sperr die Zweifel weg, schieb sie zur Seite,
schließ die Augen und hör dir selbst zu.
Vertrau dir. Wieder und wieder.
Obwohl es manchmal schiefgeht.
Sei mutig und voller Zuversicht.

Juri

Der Festsaal ist prall gefüllt, das Licht flackert auf ruhige und gleichmäßige Art, spendet dem Raum seine Wärme. Die Nacht ist dunkel, die Sterne leuchten hell. Ich blicke über ein Meer aus Schwarz und Silber, aus Dutzenden Personen, die sich nichts zu erzählen haben. Zumindest nichts, was heute von Bedeutung wäre. Nur einzelne geflüsterte Worte erklingen hier und da und verstummen augenblicklich, als der König das Podest betritt. Das, auf dem er schon einmal stand. Das, auf dem sein Vater und seine Mutter starben. Er steht dort, reckt das Kinn und sieht so viele Personen wie möglich an, lässt seinen Blick eine halbe Ewigkeit schweifen, von nichts begleitet als einer drückenden Stille und einer Atmosphäre der Trauer, der Scham und des Unwohlseins. Er wirkt erhaben, aber er erhebt sich nicht. Er ist ein guter König, ein guter Mensch. Das zu wissen, wird mir mein Fortgehen erleichtern.

Kira sitzt neben mir. Ich kann nicht anders, ich schaue hinüber zum Büfett, das dort zu finden ist, wo es auch das letzte Mal stand. Ich sehe die vielen Häppchen auf dem Tisch und die Getränke. Den Obstpunsch. Ich räuspere mich leise und richte meine Aufmerksamkeit erneut auf Faras. Trotzdem dauert es ein paar Sekunden, bis das Geräusch von Tias leisem Hicksen in meinem Kopf verschwindet und Lynns Lachen verklingt.

»Bewohner Menuas, verehrte Gäste, liebe Freunde. Danke, dass ihr diesen Abend hier verbringt und mit uns trauert. Danke, dass ihr diese Reise angetreten seid, trotz der Gefahren und aller Ängste.« Faras hält einen Moment inne, bevor er erneut die Stimme erhebt. Sie klingt warm und zuversichtlich, sie zittert kaum.

»Wir nehmen heute Abschied von König Artas und seiner Königin. Von meinen Eltern. Wir nehmen Abschied von ihrer Tochter und der Prinzessin. Von meiner Schwester. Lynn. Wir trauern um sie und ihre Begleiter und um jeden, der an diesem Abend in diesem Raum zu Sternenstaub wurde. Sie leuchten für uns. Sie sind noch da, anders als zuvor, aber sie sind da. Dies wird unser Trost sein.« Faras atmet tief ein. »Wir werden den Frieden festhalten und alles in unserer Macht Stehende tun, damit so etwas nicht erneut passiert. Früher oder später wird sich Malik unserem Urteil stellen müssen. Bis es so weit ist, dürfen wir Furcht und Trauer nicht zu unseren Freunden werden lassen, wir müssen unseren Mut und unsere Hoffnung wiederfinden, und ich kann im Namen der Planeten verkünden, dass wir enger denn je zusammenarbeiten werden. Was Menua betrifft, halte ich diesen Abend für den richtigen Anlass, etwas Weiteres zu verkünden. Ab heute wird es keine arrangierten Ehen mehr geben, weder innerhalb noch außerhalb dieser Mauern. Liebe kennt keine Grenzen und sie hält sich an keine. Es macht keinen Sinn, diese weiter aufrechtzuerhalten. – Sie hat es nicht gesagt und wahrscheinlich wusste sie es nicht einmal, aber Lynn hat mich das gelehrt.« Er lächelt vorsichtig und bei seinen letzten Worten trifft mich sein Blick. Nur mit Mühe kann ich ihm standhalten.

»Außerdem wird es an keinem Ort Menuas mehr untersagt sein, seine Begleiter offen zu zeigen oder an seiner Seite zu wissen. Auch hier im Palast nicht.« Ich hätte es nicht gedacht, aber ich denke, ich bin stolz auf ihn. Er hat etwas bewirkt, etwas Gutes, und er hat schon jetzt so viel verändert. Wenn ich mich umsehe, erkenne ich in den Gesichtern der Gäste jetzt schon mehr als Trauer und Angst. Es ist ein Funken Glück und Zuversicht.

»Unsere Begleiter sind Teil unserer Gabe, ein Teil von uns, den wir nicht leugnen sollten und dürfen.«

Faras redet weiter, findet die richtigen Worte, setzt an den passenden Stellen Akzente. Er spielt nicht mit den Zuschauern, weil er das alles nicht bewusst tut. Nein, er steht einfach dahinter und glaubt an das, was er sagt.

Langsam, aber sicher überdecken meine Gedanken die Ansprache des Königs, an dessen Lippen jeder klebt. Denn aus irgendeinem Grund fühlt sich etwas nicht richtig an. Mit meiner Hand finde ich Kiras Fell und ihr Blick trifft meinen. Sie versteht sofort und sucht mit den Augen den Saal ab. Aber da ist nichts. Keine ungewöhnlichen Aktivitäten. Keine auffälligen Personen oder Bewegungen. Vorsichtig verlassen wir unseren Platz in der Menge und gleiten leise und langsam durch sie hindurch. Es sieht so aus, als wolle ich schlicht woanders hin. Während dieser Rede und den Emotionen hier fällt niemandem auf, dass ich angespannt und wachsam bin. Höchstens dem, der genau darauf achtet.

Kira geht mit mir durch den Saal, wir schlängeln uns vorsichtig hindurch bis zur anderen Seite des Podiums und anschließend wieder zurück, aber ohne Erfolg. Da ist nichts. Nichts und niemand. Wieso fühlt sich das hier dann auf einmal nicht mehr richtig an? Wieso kriecht dieses ungute Gefühl seit Minuten unablässig meinen Rücken hinab und wieso will ich nichts mehr, als mein Schwert zu ziehen?

Als ich eine der Wachen entdecke, die sich suchend umsieht und schließlich auf mich zukommt, bleibe ich stehen, bin wachsam. Wenn etwas Schlimmes passiert wäre, dann würde er rennen und nicht gehen. Es würde ganz anders ablaufen, denke ich.

Direkt vor mir kommt er zum Stehen. Nihls oder Nihs war sein Name, ich bin mir nicht ganz sicher. Er ist erst seit kurzer Zeit hier. Ein schlaksiger Typ mit markantem Kinn und undurchsichtigem Gesichtsausdruck.

»Juri.« Er nickt mir kurz zu, bevor er einen Brief hervorholt und mir unter die Nase hält. Weiß. Unbeschriftet.

»Woher hast du das?«, frage ich leise, weil Faras weiterhin seine Rede hält.

»Er wurde abgegeben.« Die Art, wie er es sagt, ist eine Mischung aus Verwunderung und Irritation. Als wäre es ganz normal, dass jemand einen Brief für mich abgibt. An jedem anderen Tag wäre es das vielleicht, aber heute? Genau jetzt?

Schnell reiße ich ihn auf, falte das Papier darin auseinander und unterdrücke einen wütenden Aufschrei, als ich die Handschrift erkenne und die geschriebenen Worte lese.

Du weisst es vielleicht noch nicht, aber ich habe dich gerettet. Dich und Menua. Irgendwann wirst du das erkennen.

Er musste seinen Namen nicht daruntersetzen, es war sofort klar, von wem diese Zeilen stammen. Ein Tropfen Blut landet neben der Botschaft und ich fahre mit dem Daumen über meine Lippe, wische es weg. Vor Wut habe ich auf sie drauf gebissen. Mit meiner linken Hand schieße nach vorne, packe die Wache am Kragen und ziehe sie ein Stück hoch.

»Wo hast du das her? Wer hat es dir gegeben?« Malik wäre wohl kaum so dumm, selbst herzukommen. Aber er ist überheblich genug.

Die Wache beginnt zu stottern. Die Leute um uns werden unruhig, weichen ein wenig zurück. Nicht zwingend erschrocken, aber sicherlich irritiert. Vereinzelt drehen sich schon Leute zu uns um. Zu viel Aufmerksamkeit. Ich ziehe die Wache halb mit mir, als ich schnellen Schrittes den Saal verlasse, Kira direkt an meiner Seite. Faras kommt kurz ins Stocken, ich höre es, aber er fängt sich wieder. Ich werde ihm später berichten müssen. Jetzt muss ich herausfinden, wer den Brief überbracht hat und wo. Ich muss wissen, wie richtig mein Gefühl lag.

Draußen, auf dem Gang, der Foyer und Saal verbindet, presse ich die Wache gegen die Wand aus rauem Mondstein und stelle meine Frage erneut. Lauter, mit mehr Nachdruck. Wütender. So extrem, dass Kiras Knurren ertönt und sie unterstreicht.

»Wo zum Teufel hast du den Brief her? Wer gab ihn dir? Wann? Wo?« Ich schreie nahezu. In mir tobt ein Sturm.

»Ein Mann. Da war ein Mann. Ich habe ihn nie zuvor gesehen. Er war freundlich und hatte Zugang zum Palast. Er befand sich auf den Gängen zur Küche und ich nahm an ...« Ich drücke fester zu. »Ich nahm an, er gehört zum Personal oder ...«

»Was, oder?«

»Ich ... ich weiß es nicht.«

»Wann? Wann wurde er abgegeben?«

»Vor ungefähr zehn Minuten.«

»Wie sah er aus?«

Man sieht ihm an, dass seine Gedanken rasen, aber genauso erkennt man, dass er sich nicht erinnert. Es war nichts, wobei er sich etwas dachte. Er war unkonzentriert.

»Ein Salamander«, sagt er plötzlich. »Sein Begleiter saß auf seiner Schulter. Es war ein Salamander.«

Kira knurrt erneut, lauter als zuvor, bedrohlicher. In einer fließenden Bewegung löse ich den Griff um den Kragen und den Hals der Wache, ziehe die Hand zurück und starre den Mann vor mir an. Malik. Er hat es selbst getan. Und er will, dass ich es weiß. Der Palast ist nicht geschützt. Er war hier.

Er ist es noch immer.

Ich renne los, so schnell mich meine Beine tragen, hinunter ins Foyer. Auf meinem Weg schreie ich den Wachen zu, sie sollen ihre Posten nicht verlassen. Wir haben einen Eindringling. Vorne ist alles ruhig, aber das Gefühl, das sich bereits im Saal ausgebreitet hat, ist nicht verschwunden.

»Noah!« Er ist der Nächste in der Rangfolge der Krieger hier, während Harú und Kilan im Saal beim König sind. Noah tritt auf mich zu, dabei werden alle anderen hellhörig, ich sehe, wie sie sich anspannen und intuitiv merken, dass ich nicht einfach nur schnell hier vorbeikomme.

»Riegelt alles ab. Jemand ist im Palast. Lasst den Weg zum Saal niemals ungeschützt, niemand darf rein oder raus, bis ich es sage. Schick weitere Krieger in den Saal. Unauffällig. Vorerst nur zur Beobachtung und als Vorsichtsmaßnahme.«

»Alles abriegeln?«, fragt er mich und damit meint er nicht nur den Saal.

»Ja. Den ganzen Palast. Durchsucht alles. Jeden Raum, jede Kammer, aber schützt vor allem den König und unsere Gäste. Schnell, leise. Seid auf der Hut.«

Noah mustert mich, kneift die Augen zusammen. Wartet. Und ich weiß, worauf. Tief einatmend spreche ich aus, was ich denke und es fühlt sich wie Gift an, wie Säure auf meiner Zunge.

»Malik ist hier.«

Kapitel 7

Ich drehe sie um, wieder und wieder,
aber es ändert sich nichts.
Aus einer Münze werden nicht plötzlich hundert.

Juri

Noah hat den Schock schnell überwunden und nach einem kurzen Versuch, mich auszufragen, zügig begonnen, meine Befehle auszuführen. Er hat die Krieger eingeteilt und ich habe ihm gesagt, dass ich mich persönlich um den Küchenpersonaltrakt kümmern werde. Wenn es nur eine Chance gibt, dass ich Malik vor den anderen erwische, ergreife ich sie. Denn ich werde ihn nicht einsperren …

»Du glaubst doch nicht wirklich, dass er hiergeblieben ist? Dass er in der Nähe ist. Malik war vieles, aber ein Idiot war er nie.« Kira schnaubt und ich sehe an der Art, wie sie den Kopf zur Seite legt, wie ihr Ohr zuckt und sich bewegt, dass sie, egal was sie sagt, die Möglichkeit, er könne noch hier sein, nicht ganz verworfen hat.

»Nein, er war nie ein Idiot«, sage ich leise, als wir uns nah genug an der Tür befinden, die zur Küche und den weiteren Diensträumen führt. »Aber er hat sich schon immer überschätzt. Malik weiß, was er kann und das hier … Er macht es nicht ohne Grund. Wer weiß, was er bezweckt. Vielleicht will er nur seinen Spaß, vielleicht ist er zu stolz, sich gänzlich zu verstecken.« Die Worte sprudeln aus meinem Mund, während ich mich zusammen mit Kira der Tür nähere. Je näher wir kommen, desto angespannter bin ich. Desto wachsamer und aufmerksamer. Meine Stimme wird zu einem kaum wahrnehmbaren Flüstern.

»Vielleicht will er dasselbe wie ich, nur aus vollkommen anderen Gründen. Rache.«

Wir stehen vor der Tür, bewegen uns nicht.

»Es ist ruhig.« Kira sieht mich an. Sie fletscht ihre Zähne, bevor sie mir zunickt. Mit meinen Fingern umfasse ich den

Türknauf, drehe ihn – langsam. Mein Körper, jeder Muskel ist angespannt, Adrenalin rauscht durch meine Adern, ich bin hellwach. Die Tür öffnet sich nach innen, mit leichtem Schwung. Leise und gleichmäßig.

Ruhe. Meine Schwerter lassen sich beinahe lautlos ziehen. Ich entnehme sie beide gleichzeitig, lasse sie nicht aufleuchten, auch wenn sie uns damit etwas Licht spenden könnten. Sie würden ebenso meine genaue Position verraten und jedem potentiellen Angreifer einen Vorteil verschaffen.

Also trete ich ein, mache einen Schritt über die Schwelle, in die Dunkelheit, in der nur vereinzelt Lichtschemen zu erkennen sind. Nicht nützlich, kaum nennenswert.

»Bleib dich bei mir«, flüstere ich Kira zu, bevor mich die Dunkelheit des Ganges gänzlich verschluckt. Vorsichtig setze ich einen Fuß vor den anderen, lausche. Gemurmel, dumpfe Geräusche, Klappern und Klirren, je weiter wir gehen. Die Küche nähert sich, gedämpftes Licht dringt durch den Türspalt. Der erste Impuls ist, die Tür zur Küche zu öffnen, einen Blick hineinzuwerfen und sicherzugehen, dass es allen gut geht. Doch die Geräusche, die aus dem Raum kommen, klingen so – normal. Mein Gefühl drängt mich weiter, denn da ist ein zweiter Impuls. Einer, der mich den Gang hinunterführt. Zum Nebenausgang, einer kleinen Tür, die für die Bediensteten gedacht ist und trotzdem bewacht werden sollte. Die Stille wird immer erdrückender, ein ungutes Gefühl überkommt mich.

Wir gehen um die Ecke und als ich die offene Tür sehe, ist die Wut in mir kaum zu bändigen. Keine Wachen. Keine Krieger. Eine Einladung für jeden. Das ist es, was ich vor mir sehe.

»Riechst du das?«, fragt Kira mich und lenkt meine Aufmerksamkeit und Wut in andere Bahnen. Bevor ich antworten kann, leuchtet sie auf, mit voller Kraft. Sie erhellt den Gang, bis ich sehe, was sie gerochen hat.

Blut.

Der Boden ist rot und voller Blut.

Es zieht sich in Schlieren immer weiter, hinein in die Dunkelheit. Nun lasse ich meine Schwerter aufleuchten, halte sie über den Boden und helfe Kira.

»Das sieht aus …«, beginnt sie vorsichtig, während wir den roten Linien folgen, die in unserem Licht schimmern.

» … als hätte man jemanden hier entlanggezogen«, beende ich ihren Satz.

Wir sind am Ziel. Eine weitere Tür. Ein weiterer Knauf, den ich drehe. Ich halte ein Schwert hinein, das andere in Kampfstellung. Kira geht in Position, bereit zum Angriff.

Eine Abstellkammer. Besen, Körbe, Fackeln. Und mittendrin liegen zwei Wachen. Einer wurde das Genick gebrochen, ihr Kopf steht in einem unnatürlichen Winkel ab. Die zweite Wache – ihr wurde die Kehle durchgeschnitten. Daher das viele Blut. Keine Sternenkinder.

»Verfluchte Scheiße!«

»Wir können nichts mehr für sie tun. Ich glaube nicht, dass Malik noch hier ist. Ich denke, er hat getan, was er tun wollte.« Kiras Leuchtkraft lässt nach, sie verlässt ihre angespannte Haltung.

»Ja, das denke ich auch. Es wird nur eine Frage der Zeit sein, bis ich ihn erwische, und ich werde erst Frieden finden, wenn ich ihm das Gleiche angetan habe wie er Lynn. Wenn er noch hier sein sollte, finden wir ihn.«

Wir gehen raus, immer auf der Hut, Kira und ich löschen das Sternenlicht, werden eins mit der Dunkelheit.

Ich weiß nicht, wie viel Zeit vergangen ist und wie lange wir die Gegend rund um den Palast abgesucht haben. Aber nachdem wir wieder am Nebeneingang zur Küche ankommen, wird uns klar: Draußen ist niemand. Kein Malik. Kein anderer Feind, zumindest keiner, von dem wir wissen. Wir waren zu spät.

Wir gehen hinein, schließen die Tür zum Küchenkorridor und Nebeneingang hinter uns. Das Gefühl, das etwas vorgeht, diese ungute Vorahnung ist schon lange verschwunden.

»Er war hier. Ich kann es immer noch nicht glauben.« Kira schmiegt sich für einen Augenblick an mich. »Was nun?«

»Es hat sich nichts geändert. Morgen früh werden wir den Palast verlassen. Wir werden ihn finden, Kira.«

Ich stecke meine Schwerter zurück, lasse meine Schultern kurz kreisen, die von der dauerhaften Anspannung der letzten Stunden leicht schmerzen, und trete mit Kira den Rückweg in Richtung Foyer an. Wir müssen die beiden Wachen zu Grabe tragen.

Stunden später sitze ich noch immer im Palast und debattiere über das Geschehene.

»Bist du sicher? Bist du sicher, dass es Malik war? Dass er hier war?« Faras tigert durch den Raum, auf und ab, während er sich bemüht, ruhig zu bleiben, besonnen und nicht von Gefühlen geleitet. Aber ich sehe es als das, was es ist: ein Versuch. Nicht mehr.

Es ist spät, alle Gäste haben bereits den Palast verlassen, die Bewohner Menuas sind in ihren Häusern und die Trauerfeier ist beendet. Die Hauptmänner haben sich mit dem König und mir im Konferenzraum versammelt, nachdem der ganze Palast erneut abgesucht und danach gesichert wurde und man sich um die toten Wachmänner gekümmert hat.

»Ja, er war es«, entgegne ich zum dritten Mal, da Faras es anscheinend auch jetzt noch nicht glauben kann.

Die Hauptmänner tauschen sich aus, statten dem König weiter Bericht ab. Meinen habe ich längst mit allen geteilt. Ruhiger als erwartet.

Die Stimmen um mich herum werden lauter, aber ich dränge sie weg, ebenso wie Kira, die mir für einen Moment im

Weg steht. Mit einer Hand schiebe ich ihren Kopf zärtlich zur Seite und gehe zur großen Fensterfront. Blicke auf die Erde. Das hier, das alles ist wie ein gigantisches Déjà-vu. Wie eine Schleife, der man nicht entkommen kann. Anders und trotzdem irgendwie gleich. Diese Versammlung, das Gespräch, dieser Raum. Die Erinnerungen kommen zurück. König Artas, seine Verzweiflung und Hoffnung, die Suche nach Lynn – und Malik, der weitere Bemühungen als sinnlos erachtet hatte. Fast unmerklich schüttle ich den Kopf. Heute stehen wir wegen Malik hier, mit einem neuen Problem und einem neuen König. Trotzdem ist es so bekannt. Ein sich wiederholendes Muster.

Ich reiße mich vom Anblick der Erde und Sterne los, drehe mich um und die Geräusche um mich dringen wieder in ihrer ganzen Lautstärke zu mir, mit voller Kraft.

»Das war fahrlässig!«

»Wir hätten evakuieren müssen!«

»Und damit eine neue Panik entfachen?«

»Das hätte nichts geändert.«

Die Hauptmänner stritten, immer mehr Theorien und Sätze flogen wild umher, während sie diskutierten. Ja – sie. Ich bin keiner mehr von ihnen. Und als mein Blick dem des Königs begegnet, der konzentriert dasteht, ahne ich, dass er es weiß. Wissen muss. Schließlich habe ich nie ein Geheimnis daraus gemacht, dass ich gehen werde. Er weiß, dass es jetzt so weit ist.

»Juri hätte uns gleich informieren müssen. Uns, den König ...« Als Kira das hört, tritt sie einen Schritt vor und knurrt. So laut und bedrohlich, dass selbst mir eine Gänsehaut über die Arme fährt.

Die Gespräche verstummen endgültig, als Faras seine Stimme erhebt. »Genug!« Er tritt einen Schritt vor, noch näher an Kira heran, neben sie. »Wir haben Malik schon immer unterschätzt, nein, schlimmer, wir haben ihm vertraut.

Wir wussten das und haben alte Fehler wiederholt. Niemand von uns glaubte daran, dass er so verrückt sein würde, erneut herzukommen. Würde ich ihn nicht so sehr verachten, würde ich ihn tollkühn nennen.« Faras schaut in die Runde, macht eine Pause, bevor er weiterspricht. »Juri trifft keine Schuld, genauso wenig wie euch. Hört auf, nach Schuldigen anstatt nach Lösungen zu suchen.«

Die Reaktionen auf diese kurze Ansprache gehen wie erwartet auseinander – man kann es in ihren Gesichtern sehen, in ihren Blicken. Aber niemand wagt es, zu widersprechen und die Stimme zu erheben.

Niemand außer Harú.

»Was nun?«, fragt er schlicht und einfach, während er die Arme vor der Brust verschränkt. Wenn ich eines gelernt habe, dann, dass es keine schlichten Fragen gibt – und erst recht keine schlichten Antworten. An einer Frage hängen Dutzend andere und jede von ihnen bringt neue hervor.

»Was tun wir jetzt? Erneut abwarten? Erneut nichts tun?« Er schnauft beinahe spöttisch. Faras möchte Harú antworten, aber ich komme ihm zuvor. Er hat mir diese Fragen gestellt, nicht dem König.

»Ich gehe.«

»Was tust du?« Harú kann kaum an sich halten. Es ist eine Mischung aus: *Warum?* und *Wie kannst du nur?*

»Ich werde gehen. Hiermit trete ich zurück und gebe meinen Posten als höchster Mondkrieger ab. Harú, dies ist nun deine Aufgabe.« Ein Raunen erfüllt den Raum, als er auf mich zutritt und meine Worte von allen gehört und verstanden wurden. Wir kennen uns schon lange, aber Freunde waren wir nie. Ich bin nicht sicher, ob ich je welche hatte.

»Du …« Harú findet in seinem Zorn keine Worte.

»Lass es«, sagt Phìlipé, einer der Hauptmänner, zu ihm, doch das macht es nur schlimmer.

»Es lassen? So wie Juri?«, schreit Harú, bevor er mich fixiert. »Du Feigling!«

»Ich muss gehen.« Entgegen meinem inneren Aufruhr verlassen die Worte meinen Mund ruhig und gelassen. Denn der Einzige, dem ich Rechenschaft schuldig bin, ist der König. Ausgesprochen oder nicht: Er wusste es. Ihm ist klar, weshalb ich gehe und warum es *jetzt* sein muss.

Im Gegensatz zu mir ist Kira mit ihrer Geduld vollkommen am Ende, was sehr ungewöhnlich ist. Normalerweise ist sie der Ruhepol, die Weise von uns beiden, doch jetzt leuchtet sie beinahe, ihr Fell sträubt sich, Wut und Trauer verzerren ihr Gesicht. Nach allem, was passiert ist, verstehe ich, dass sie vielleicht auch einen Teil von sich verloren hat. Ich erkenne sie kaum wieder, sie fährt so leicht aus der Haut, ist gereizt und wütend. Ich wünschte, ich könnte ihr das alte sorglose und ausgeglichene Ich zurückgeben.

»Nichts musst du! Du hast dich Menua und dem König verpflichtet. Wie kannst du jetzt gehen? Jetzt, da Malik zurück ist. Da du unser Anführer bist.«

»Du hast dir deine Fragen schon selbst beantwortet. Ich gehe wegen ihm. Wenn ich bleibe, bleibt auch er und Menua ist weiterhin in Gefahr. Der Palast, der König …«

»Blödsinn!«

Faras will eingreifen, aber ich schüttle den Kopf und sehe ihn an. Harú ist noch nicht fertig und wir müssen das aus der Welt schaffen.

»Du kannst nicht wissen, ob Malik uns in Ruhe lässt, sobald du verschwunden bist. Es könnte genauso gut sein, dass du uns auf einem Silbertablett servierst.«

Einen Augenblick denke ich über seine Worte nach. Um ihm das Gefühl zu geben, ich könnte sie als richtig erwägen. Dabei streiche ich Kira übers Fell, mustere nach und nach alle Anwesenden. Nein. Malik wird gehen, denn es ist etwas Persönliches.

Etwas zwischen ihm und mir. Seine Rache am Königshaus ist vollbracht, seinen Kampf mit Menua hat er ausgetragen. Dies hier ist ein neues Kapitel.

Harú weiß, dass ich ihm nicht zustimme, dafür muss ich nichts entgegnen. Die anhaltende Stille und mein Blick reichen aus. Deshalb trete ich vor Faras, während Harús Miene stetig zorniger wird.

Als seine Stimme ein weiteres Mal die aufgeladene und angespannte Atmosphäre durchdringt, bleibe ich stehen.

»Es ist dir egal, was mit Menua geschieht.« Er sagt es langsam, mit einer Ruhe, die mich provoziert. Ich drehe mich um, wir starren uns an, während kein anderer im Raum es wagt, die Stimme zu erheben. Nur der König, der Harú scharf angeht – ohne Erfolg.

Jeder hier ist sich darüber im Klaren, dass Harús Aussage so wahr ist wie sie falsch ist. Jeder – oder zumindest die, die nicht blind waren, die es ahnen oder wissen. Meine Prioritäten haben sich verschoben. Das taten sie bereits, als Lynn da war. Ab dem ersten Moment, in dem sie ich ansah.

Ich will mich abwenden, will diesem Streit keinen Raum geben, aber Harús Worte klammern sich an mich, legen sich wie Ketten um mich.

»Sie war die Prinzessin«, zischt er.

Ohne es verhindern zu können, beginnt das Blut in meinen Ohren zu rauschen und meine Hände ballen sich zu Fäusten. Die Haut darüber spannt sich so sehr, dass es beinahe brennt. Es tut gut, es lenkt ab.

»Sie war ein Mädchen, das niemand von uns kannte.«

Ein Raunen geht durch den Raum. Die Geräusche um mich werden leiser, Faras sagt etwas, das ich längst nicht mehr hören kann. Kira steht da, geduckt und bereit zum Angriff. Ihr Licht zeigt ihren inneren Aufruhr, ihr Gesicht zeigt ihre Empörung. Ich gehe auf Harú zu – langsam, achtsam. Voller Wut. Ich weiß nicht genau, warum. Vielleicht hätte ich mit Worten antworten können, hätte er seine einfach für sich behalten.

»Wegen ihr ist alles zerbrochen.«

Das ist der Moment, in dem meine Faust auf sein Gesicht trifft. In dem ich seine Nase breche, mit einem einzigen gezielten und kräftigen Schlag, der mir keinerlei Mühe machte. Das laute Knacken verschafft mir Genugtuung, sein verblüffter Ausdruck ebenso. Aber seine Worte wabern weiter durch mich hindurch.

Im nächsten Augenblick schmeißt Kira sich so fest auf ihn, dass Harús Begleiter erscheint. Fleah, eine Art Hund. Er geht sofort ebenso in Angriffsstellung, doch Kiras Anblick sorgt dafür, dass er sich trotz gefletschter Zähne und gesträubtem Fell auf den Boden legt.

Mein Atem rasselt. Es pocht hinter meiner Stirn. Der Schmerz in mir droht zu explodieren.

Nur ein Mädchen, hallt es in mir wider.

»Sie war mehr«, knurrt Kira, presst die Worte krampfhaft heraus. »Sie war eine Freundin. Eine gute Seele. Du solltest mehr Respekt haben. Und du solltest dir überlegen, wo *deine* Prioritäten liegen. Es klingt, als würde dir die Königsfamilie nichts bedeuten.«

»Natürlich tut sie das«, entgegen Harú erstickt und hitzig, während ihm unablässig Blut aus der Nase rinnt und Kira ihm leicht die Luft abschnürt mit ihrer Pfote. »Aber sie war eben noch nicht lange hier, wie kann er das alles …«

»Wie kannst *du* …«, speit Kira ihm entgegen und unterbricht ihn, während ich dastehe, zitternd vor Wut, in dem Versuch, mich zu beruhigen. Und in der Stille des Raumes, in all seiner Ruhe und seiner Aufgewühltheit, zwischen der Anspannung, den Gedanken und Emotionen, scheint Harú zu verstehen, was er zuvor nicht verstanden hat. Zu sehen, was die anderen sehen und was niemand ausspricht.

Dass ich sie liebte. Dass ich es noch tue.

Dass ich alles und jeden für sie geopfert hätte. Dass ich keine Wahl habe. Nie hatte.

Die Erkenntnis spiegelt sich in seinen Augen wider, in seinem Gesicht, in der Art, wie er sich bewegt. Kira lässt von ihm ab und tritt an meine Seite, streicht um meine Beine. Sie will schauen, ob alles okay ist, mich trösten.

Man hilft Harú auf, der sich sofort losreißt. Vor Scham. Ohne erneut auf ihn einzugehen oder einem anderen die Chance zu bieten, etwas zu sagen, wende ich mich an Faras.

»König Faras. Hiermit übergebe ich das Amt des höchsten Mondkriegers an Harú. Er wird einen neuen Leibwächter ernennen und alles Weitere in die Wege leiten. Ich quittiere meinen Dienst.« Doch Faras, sowohl als König, aber auch oder gerade als Lynns Halbbruder und eine Art Freund, geht nicht auf mich ein, sondern wendet sich an die Mondkrieger.

»Seid gewiss: Wäre ich noch immer nur Faras, der Adoptivsohn, nicht König Menuas, wäre meine Wortwahl eine andere. So bleibt mir nichts zu sagen, als dass es euch nicht zu interessieren hat, warum Juri uns verlässt. Nicht, solange ich ihm meinen Segen gebe. Es geht euch nichts an und ihr habt keinerlei Recht zu urteilen. Trotzdem möchte ich betonen, dass ich seine Gründe nicht nur kenne, sondern auch verstehe.« Nach einer kleinen Pause wendet er sich Kira und mir zu. »Danke, dass ihr Menua so lange gedient habt. Ich nehme dein Rücktrittsgesuch an, Juri. Mögest du finden, was du suchst.«

Ich nicke, reiche ihm die Hand, aber er zieht mich zu sich heran, flüstert etwas in mein Ohr.

»Komm heim, wenn es getan ist. Menua wartet auf dich. Mögen alle Sternenkinder über dich wachen und für dich leuchten.«

Kapitel 8

Lynn

Ich bin Licht und Staub.
Ich bin fort.
Ich kann dich sehen.

Sie sind da, die Bilder. Die Erinnerungen an deinen Herzschlag an meinem, der jetzt nicht mehr ist, an deine Lippen auf meinen, die es nun nicht mehr gibt, an vergangene Tage, die verschwunden sind. An deine Worte, die in mir nachklingen, ja, ich höre sie noch, obwohl du nichts mehr sagst. Alles ist wieder da und ich weiß nicht, ob es das sollte. Ich erinnere mich und ich weiß nicht, ob das richtig ist.

Kapitel 9

Wenn wir selbst nicht daran glauben,
dass alles gut werden wird,
dann sind wir bereits verloren.

Juri

Gepackt. Alles, was ich habe oder was mir wichtig ist, befindet sich in der kleinen Tasche auf dem Bett oder festgebunden an mir – bis auf Kira natürlich.

So wie meine Schwerter und Lynns Langstock. Oder der Dolch, den Faras mir gestern geschenkt hat, nachdem er mich nach dem Desaster mit Harú bat, ihn zu seinem Zimmer zu begleiten. Er steckt in der passenden Scheide, gehört seitlich festgebunden an eines meiner Beine, aber ich habe ihn in der Tasche verstaut. Meine Uniform habe ich abgelegt, sie wich schweren dunkelgrauen Boots, einer schwarzen Hose und einem einfachen Shirt. Praktisch, nicht auffällig.

»Macht es einen Sinn für dich?« Kira steht neben mir, starrt mit mir auf die Wand gegenüber des Bettes und ihre Frage ist aufrichtig, hoffnungsvoll. Das Chaos vor mir, Dutzende Notizen, Zettel, Überlegungen, die in Form einer großen Collage verbunden mit Pfeilen und Fragezeichen vor mir prangt, hat mich viel Zeit gekostet. Trotzdem ist es nutzlos. Unzählige Theorien, Fragen, Gedanken zu Malik – wo er ist, wo er sein könnte, was er plant, was er möchte. Freunde? Orte? Sie sollte mir helfen, Klarheit zu schaffen, eine Struktur zu finden. Einen Anfang. Aber sie ist und bleibt das Abbild meiner Gedanken. Nutzloses Chaos.

»Nein. Malik ebenso wenig. Vielleicht sollten wir deshalb an einem Ort anfangen, der uns dabei helfen könnte, ihn zu verstehen. Ihn zu finden.« Ich tippe auf eine Notiz.

»Dort möchtest du beginnen?«

»Ja. Am Anfang.«

Kira und ich verlassen unser Zimmer, im Gegensatz zu ihr werfe ich keinen Blick zurück. Weder als wir unser Zuhause hinter uns lassen noch als wir durch die großen Tore treten und den Palast hinter uns lassen. Tief einatmend verharre ich einen Moment, weil mich das Gefühl überkommt, als könne ich das erste Mal seit Lynns Tod freier atmen. Zumindest ein wenig.

Unser Weg führt uns tief in die verwinkeltsten Ecken Menuas, wo Hütte an Hütte steht und Gasse an Gasse verläuft. Die Wege verändern sich ohne Vorwarnung, werden von breit und eben zu schmal und holprig, bevor sie sich erneut ausweiten und von Stein zu Sand werden. Wo Märkte das Interesse wecken und Kinder lachen. An einen Ort, an den die Trauer nicht gelangen konnte. Wir gehen durch Menua, halten uns bedeckt. Nur selten sieht mich ein Sternenkind etwas zu lange an, mustert mich. Ich trage keine Uniform, aber etwas scheint an mir haften geblieben zu sein, das mich als Außenseiter markiert. Als jemand, der hier nicht jeden Tag entlanggeht. Spätestens die Schwerter, auch wenn sie gut verdeckt sind und es dunkel ist, wecken ihre Neugier und ihre Skepsis. Sie werden immer wieder von den Fackeln am Wegesrand beleuchtet. Ich kann es nicht verhindern, zwei Schwerter und ein Langstock passen kaum in eine kleine Tasche.

Wir verlassen die belebteren Straßen und Wege, die Lichter und Geräusche werden weniger, die Abstände zwischen den Häusern und Hütten größer. Um meine Gedanken etwas zu beschäftigen und mich abzulenken, habe ich unsere Schritte gezählt, vom Markt bis hierher. Vierhundertneunzig.

»Hier ist es. Maliks altes Heim.«

»Seine Eltern sind tot, seine Schwester ebenso. Was hast du vor?« Kira mustert mich aufmerksam. Wie soll ich ihr sagen, dass ich es nicht weiß? Dass ich einen Anfang brauchte – nicht mehr.

»Vielleicht gibt es hier jemanden, der Malik und seine Familie kannte. Irgendwen, der irgendetwas zu erzählen hat.« Ich wünsche mir, es klänge in Kiras Ohren nach mehr, als es ist – Ein Strohhalm, an den ich mich klammere, bis sich etwas anderes bietet, etwas mit mehr Halt.

»Dann lass uns beginnen.« Kira steuert auf die Haustür zu, gebaut aus grobem Mondstein, nicht so gut und fein gearbeitet wie die des Palastes, aber immer noch robust und wunderschön. Wir klopfen. Unbehagen breitet sich in mir aus. Hier hat Malik als Junge gewohnt, hier sind seine Eltern gestorben. Weitaus schlimmer ist, dass seine Schwester sich hier erhängte und er diesen irren Racheplan schmiedete.

Die Tür öffnet sich, ein älterer Mann mustert mich, schaut nur halb dahinter hervor. Sein Gesicht ist von Falten gezeichnet und Narben, seine Augen blicken jedoch wachsam.

»Wer seid Ihr?«

»Kennen Sie die Familie, die vor Ihnen hier wohnte? Sie hießen Ijaha. Ihr Sohn hieß Malik.«

»Ich frage noch einmal: Wer seid Ihr? Wieso sollte ich mit Euch reden?«

»Ich bin niemand. Auf der Suche nach Antworten.«

»Ein Niemand? Das glaube ich Euch nicht. Kein Niemand trägt Schwerter auf dem Rücken und verschweigt seinen Namen. Sucht woanders nach Antworten. Selbst wenn ich sie hätte, würdet Ihr sie hier nicht erhalten.« Er schlägt uns die Tür vor der Nase zu.

»Ich hatte ganz vergessen, wie Malik mit Nachnamen hieß«, gesteht mir Kira, als wir zum nächsten Haus gehen. Ich beinahe auch, denke ich bei mir. Unter den Kriegern des Palastes ist es nicht üblich, seinen Nachnamen zu tragen. Der Vorname wird zum Mondkrieger - und somit zum Rufnamen. Er wird zum Abzeichen. Weil man ein neues Lebenskapitel aufschlägt. Weil man etwas von sich zurücklassen muss. Wir setzen unseren Weg fort, meist schweigend und in Gedanken versunken. Nur hier und da versucht Kira, mich abzulenken oder macht mich auf etwas aufmerksam. Ich könnte mir in diesen Zeiten keinen besseren Begleiter wünschen. Keinen besseren Freund.

Als Nächstes öffnet uns eine junge Frau, sie ist freundlich, weiß aber leider nichts, danach ein kleiner Junge, deren Eltern nicht daheim sind und der mit niemandem sprechen darf – eigentlich. Er ist frech und fröhlich, hat eine große Zahnlücke und sieht mich an, als wäre ich einfach … Ja, ich denke, einfach beschreibt es gut. Einfach ich. Einfach ein Sternenkind. Er sieht mich an und sein Gesicht zeigt keine Form von Furcht, Distanz, von Grübeleien oder Misstrauen. Er erinnert mich an gute Tage, an solche mit mehr Leichtigkeit, obwohl sie längst vergangen sind.

Stundenlang hangeln wir uns durch die Straßen von Tür zu Tür und je mehr Leute wir fragen, je weiter wir uns von Maliks Haus entfernen, umso mehr setzt sich das Gefühl fest, dass das hier zu nichts führt. Ich spüre, dass Kira erschöpft ist und auch in meinen Gliedern setzt sich die Müdigkeit langsam, aber sicher fest.

»Ein letzter Versuch, Kira. Dann suchen wir uns in Menua einen Platz zum Schlafen. Morgen sehen wir weiter.« Ihr Licht flimmert, sie versucht, nicht zu traurig zu schauen, aber ich weiß, dass es ihr geht wie mir. Sie nickt.

Mit meiner Faust klopfe ich dreimal gegen die Tür, nicht allzu fest, denn es ist spät. Licht schimmert unter ihr hindurch, klar und hell, denn vor dem Haus ist es so dunkel wie die Nacht. Eigentlich sollten wir diese Leute nicht mehr stören, aber ich kann nicht gehen. Dieses eine Haus noch.

Ein Mann öffnet die Tür, helles Haar, wachsam blickende Augen, sauber und gepflegt in einem einfachen Hemd und einer dunklen Hose. Er wirkt vom Leben gezeichnet, scheint mittleren Alters zu sein.

»Entschuldigt, dass wir Euch so spät stören. Wir sind auf der Suche nach … Ich meine, kennt Ihr zufällig die Familie Ijaha?«

»Wer will das wissen?« Seine Stimme ist freundlich, aber bestimmt. Seine ganze Art und Präsenz ist das, und dennoch werde ich das Gefühl nicht los, ich sollte ihn besser nicht aus den Augen lassen. Er mustert mich, kneift die Augen zusammen.

»Ein Bekannter der Familie.«

»Habt Ihr einen Namen, *Bekannter*?«, fragt er spitz, während sein Blick über meine Schulter und mit Sicherheit auf den Schatten und Umriss meiner Schwerter fällt.

Ich atme tief ein.

»Juri. Mein Name ist Juri. Das neben mir ist Kira.«

»Kommt herein.« Ohne ein weiteres Wort, ohne eine weitere Frage oder einen kritischen Blick gleitet er zur Seite und öffnet die Tür ganz, damit wir eintreten können. Ich zögere einen Moment, bevor ich den ersten Schritt über die Schwelle mache und Kira es mir gleichtut.

Das Haus ist klein und gemütlich, ausgelegt mit vielen Teppichen. Ein Feuer brennt im Kamin und ist im Moment die einzige Lichtquelle. Es wirf Schatten durch das Zimmer und umschmeichelt die Couch und den Schaukelstuhl vor dem Kamin. Das Zimmer ist spärlich eingerichtet. Ein paar Bücher, viele Zeitschriften, ein wenig Müll. Ein alter zerfranster Teppich, dessen Stoff nicht mehr erkennbar ist.

»Setzt Euch«, weist er uns an, als er sich bereits auf seinem alten Schaukelstuhl niederlässt. Ich sinke auf die Couch, Kira setzt sich daneben.

»Darf ich erneut nach Eurem Namen fragen?«

Er beugt sich nach vorne, schnappt sich das Glas auf dem Tisch. Sieht nach Alkohol aus.

»Dürft Ihr, aber zuerst sollte ich erwähnen, dass man Euch auch ohne Uniform als Mondkrieger erkennt – und dass ich nicht weiß, wo Malik steckt.« Während ich versuche, meine Verwunderung zu unterdrücken, trinkt er genüsslich einen Schluck. »Wollt Ihr auch etwas trinken?«

»Wer seid Ihr und was wisst Ihr?« Nun beuge auch ich mich vor, aufmerksam und wieder absolut wach.

»Gut, wir sind wohl beide nicht der Typ für Geplänkel. Das mag ich.« Er lacht auf und stellt sein Glas wieder ab, bevor er sich zurücklehnt und seine Hände vor dem Bauch verschränkt. Er schaukelt vor und zurück, vor und zurück, ehe er meiner Frage nachkommt.

»Mein Name ist Peet Dhough und ich bin kein Kind Menuas. Nicht direkt.« Kein Sternenmal, kein Begleiter. Ich werde nachlässig. Das hätte mir früher auffallen müssen.

»Meine Eltern zogen Menua unserem Heimatplaneten vor. Welcher das ist, tut nichts zur Sache, fragt gar nicht erst.« Er winkt ab, bevor er weiterspricht. »Was Malik angeht … Nun, wir waren so etwas wie Freunde, schätze ich.« Er seufzt tief. »Und ich weiß, was er getan haben soll. Gerüchte verbreiten sich stets schnell. Jetzt frage ich mich, welche Rolle Ihr dabei gespielt habt.«

Mein Blick huscht zu Kira, sie nickt und ich stimme ihr stumm zu. Wir müssen einen Schritt auf ihn zugehen.

»Ihr habt recht. Ich war Mondkrieger, ebenso Malik. Er war außerdem ein Freund. Zumindest habe ich das gedacht. Bis er den Festsaal des Palastes zerstörte und mit ihm Dutzende Sternenkinder. Die Königsfamilie …« Ich schaffe es nicht, den Satz zu beenden, muss die Zähne aufeinanderpressen, um den Erinnerungen Einhalt zu gebieten und den Emotionen nicht nachzugeben. Aber man spürt meine Wut so deutlich wie die Wärme des Feuers, vor dem wir sitzen.

»Ich verstehe. Die Gerüchte sind also wahr.« Er nickt vor sich hin. Starrt während des Schaukelns stumm auf seinen chaotischen Tisch. Er zuckt mit keiner Wimper, keinerlei Regung zeichnet sich auf seinem Gesicht ab, kein Gedanke, keine Emotion. Er nimmt einen kräftigen Schluck von seinem Getränk, einen weiteren und leert das Glas schließlich ganz. Es könnte Branntwein gewesen sein.

»Ihr wollt ihn finden?«

»Ja.«

»Wollt Ihr ihn gefangen nehmen?« Jetzt heftet sich sein Blick auf mich. Er hört auf zu schaukeln.

Ich kann nicht lügen. Deshalb sage ich nichts, presse nur die Lippen zusammen und halte seinem Blick stand.

»Das dachte ich mir.« Er erhebt sich, geht auf den Schrank neben dem Kamin zu und holt eine Flasche mit hellbrauner Flüssigkeit heraus, ohne Etikett. Diese gleicht der, die bereits zuvor in seinem Glas war. Er nimmt ein zweites Glas, stellt es vor mir ab, schenkt mir etwas ein und sich selbst nach, bevor er erneut Platz nimmt. Ich rühre mein Getränk nicht an, was Peet sofort zur Kenntnis nimmt. »Glaubt mir, Ihr braucht einen Drink.« Und ich denke, er hat damit nicht ganz unrecht. Kurzerhand nehme einen kräftigen Schluck und huste einmal, als sich die rauchige Flüssigkeit ihren Weg durch meine Speiseröhre bahnt und mich von innen wärmt. Eindeutig Branntwein. Selbst gebraut.

»Ich hielt es für eine Spinnerei.« Seine Worte sind leise, aber klar. Sein Blick ist gefangen in dem Glas vor sich und wahrscheinlich auch in Erinnerungen aus fernen Tagen. Ich stelle meines wieder auf dem Tisch ab.

»Anscheinend war es eine – eine, die er wahr gemacht hat. Maliks Familie war freundlich. Sie liebten sich. Aber sie waren auch impulsiv, temperamentvoll. Seine Schwester hingegen war die ruhigste und sanfteste Seele der Familie und ich frage mich noch heute, wie sie ein Teil von so viel Wildheit sein konnte. Malik vergötterte sie.« Er trinkt einen weiteren Schluck. »Als sie starb … Malik wurde von Wut zerfressen. Er wollte plötzlich ein Krieger werden und nichts konnte ihn davon abbringen. Ich habe es nicht verstanden. Auch nicht, als seine letzten Worte waren: ›Sie werden dafür büßen!‹ Ich tat es ab. Wie hätte ich auch ahnen können, in welchen Dimensionen er dachte. Seit diesem Tag habe ich Malik nicht wiedergesehen. Falls Ihr also gehofft habt, ich könne Euch helfen oder etwas verraten, muss ich Euch enttäuschen.«

Und da sind die Worte, die ich nicht hören wollte. Die winzige Hoffnung, die am Anfang des Gespräches aufkeimte, ist verpufft. Das Einzige, was wir nun wissen, ist, dass Peet Maliks Hass kannte und seine Familie. Es hat sich nichts geändert, außer dass der Branntwein in meinem Magen rumort und wir noch müder sind als zuvor.

Das hier ist Sackgasse. Der ganze Tag war eine einzige Verschwendung. Wir stehen wieder am Anfang.

Kapitel 10

Der Wahrheit ins Auge zu blicken ist schmerzhaft.

Malik

Fluchend schmeiße ich den kleinen Tisch vor mir um, schreie und tobe dabei, lasse alles heraus. Dieser verfluchte Mistkerl! »Malik«, mahnt Toah, einer der Kämpfer. Der stärkste und sturste von ihnen. Und es ist mir gleich. Es ist mir scheißegal!

»Wir sollten aufhören mit diesem Blödsinn. Wir sollten ihn vernichten. Oder wofür genau hast du uns angeheuert? Zum babysitten? Für sinnlose Spielchen?«

Ein Teil von mir jubelt bei seinen Worten und fängt Feuer. Ja, wir sollten ihn vernichten. Sofort. Ja, dafür seid ihr hier. Er hat es verdient. Er hat uns hintergangen, im Stich gelassen und er sieht nicht, was wir für ihn getan haben. Was ich für ihn tat! Er ist undankbar.

»Nein«, entgegne ich dennoch mit rauer Stimme und äußerster Mühe. Mein Atem geht schwer, mein Herzschlag pendelt sich nur langsam wieder ein. Ich muss ein Zittern vor Wut und Frustration unterdrücken und weitere Flüche und Ausbrüche auch. »Nein«, wiederhole ich noch einmal nachdrücklich.

»Er wird nicht aufhören«, beschwört mich Ráz. Der dritte Krieger im Bunde. Eliah wagt es nicht, erneut das Wort zu erheben. Nicht nach meinem Schlag in sein Gesicht an den Mauern des Palastes, das mittlerweile grün und gelb an den Seiten seiner Nase und seiner Augen ist.

»Ich sagte Nein!« Ich trete einen Schritt vor. Toah reckt das Kinn.

»Malik, er sucht dich. Er durchleuchtet deine Vergangenheit.«

Ja, ich weiß. Sie haben es mir berichtet. Sie beschatteten ihn. Ich weiß, dass Juri seinen Dienst quittiert hat und ein Teil von mir hat Hoffnung verspürt, dass er wieder an meiner

Seite kämpfen wird. Aber der Rest von mir ist sich längst darüber im Klaren, dass das nicht passieren wird. Juri wird kämpfen. Aber nicht mit mir, sondern gegen mich. Das kann ich nicht zulassen.

»Verfolgt ihn weiter. Seid wachsam! Wenn etwas Auffälliges passiert, erstattet Bericht.« Ich atme tief ein, richte mich zu meiner vollen Größe auf und fixiere die drei Krieger vor mir. Sie stehen da, mit grimmigen Blick.

»Egal, was ihr tut und wohin ihr ihm folgt: Juri gehört am Ende mir! Ihr rührt ihn nicht an, ihr krümmt ihm kein Haar. Und nun geht! Ihr folgt ihm und ihr findet heraus, was er vorhat. Nicht mehr. Habt ihr das verstanden?«

Sie nicken nicht, sie antworten nicht. Aber ja, sie haben es verstanden.

Kapitel 11

Manchmal sind die Schatten in der Überzahl.
Sie verdecken das Licht, sie schließen es ein.
So lange, dass du beinahe vergisst, dass es da ist.

Juri

Nichts. Wir haben nichts.

»Wir haben gerade erst angefangen. Es gibt keinen Grund, jetzt schon aufzugeben. Ich weiß, du bist furchtbar ungeduldig, ich kann es ja verstehen, aber du musst dich zusammenreißen«, schimpft Kira mit mir, als könne sie meine Gedanken lesen. Wahrscheinlich sieht man mir meinen Gemütszustand zu deutlich an, daran sollte ich arbeiten. Oder nur Kira erkennt es, sie ist schließlich ein Teil von mir. Eigentlich möchte ich etwas Intelligentes erwidern, aber mir entweichen nur komische Laute und ein genervtes Seufzen.

Das Bett, auf dem ich liege, ist schmal und unbequem, es ist durchgelegen und uneben. Das Zimmer ist winzig, nur noch ein Tischchen und Kerzen, an den Wänden befestigt, sowie eine Kerze auf dem Tisch finden sich darin. Kein Fenster, keine Gemütlichkeit. Kalter Steinboden. Stille. Dieser Ort erinnert mich zu sehr an den, an dem ich Lynn verlor.

»Morgen ziehen wir weiter.«

Kira kuschelt sich an mich. »Ja, das tun wir. Ich halte es hier auch nicht länger als eine Nacht aus.«

Mit meiner Hand fahre ich über ihre Ohren und ihre Nase, während ich ihrem leisen Schnurren lausche.

Wir haben uns in Menua in einer Schenke mit nur einem Gästezimmer einquartiert, das glücklicherweise frei war. Während ich Kira streichle, fällt mein Blick im Schein der kleinen Kerze auf dem Tischchen auf meine Tasche und die Jacke, die daraus herausschaut. Mit der anderen Hand greife ich nach ihr, ziehe aus ihrer Mitte den Umschlag von Gardos Einladung.

»Hast du doch vor, hinzugehen?« Ich höre auf, Kira zu kraulen, setze mich aufrecht hin und öffne den Brief.

»Wann?«, fragt sie nur.

»Fünf. Die Hochzeit ist in fünf Tagen.«

Der Brief gleitet zwischen meinen Fingern hindurch. Meine Aufmerksamkeit liegt nun auf den Schwertern neben meinem Bett.

»Ja, Kira, wir gehen hin. Vorher müssen wir noch etwas anderes erledigen.«

Sie schaut mich überrascht an. »Es gibt einen Plan?«

»So etwas in der Art.«

»Was hast du vor? Wohin geht es?«

»Zur Erde. Morgen früh reisen wir direkt dorthin.«

Meine Beine zittern – genau drei Sekunden. So lange brauche ich, um mich nach der Teleportation wieder zu fassen. Kira bricht aus dem Sternbild hervor und materialisiert sich neben mir. Sie zuckt zusammen, als sie sieht, wo wir sind.

»Die Gasse«, sagt sie erstickt.

»Ja.« Hier haben wir Lynn gefunden und eingesammelt. Sie mit nach Menua genommen. Hier auf der Erde, bei Nacht. Ich erinnere mich, wie es roch, dass es kühl war und die Laterne flackerte. Ich erinnere mich, wie Lynn aussah, so verzweifelt und mutig, so dreckig und so schwer verletzt, und daran, wie Tia sie verteidigte. Heute sieht es anders aus – bei Tag sieht alles anders aus.

Aufmerksam und konzentriert sehe ich mich um, nur wenige Leute gehen hier entlang, es ist ruhig, obwohl es Mittag ist. Die Tasche hängt locker über meiner Schulter, die Schwerter und der Langstock ragen weit heraus. Ich habe eines meiner Shirts darüber drapiert. Bevor wir aufgebrochen sind, hielt ich es für eine gute Idee, sie ein wenig zu verstecken, sie einzupacken, da die Erdenkinder so etwas anscheinend nicht alltäglich sehen. So oder so wollte ich es nicht darauf ankommen lassen.

Jetzt fühle ich mich unbehaglich. Es ist ungewohnt und ich würde die Schwerter am liebsten sofort wieder umbinden. Das lockere Shirt, die einfache Hose – das alles ist mir fremd und macht mir nur zu deutlich bewusst, dass nichts mehr ist, wie es war. Es erinnert mich an mein Ziel. Meine Beine setzen sich in Bewegung, fort von der Gasse.

»Wohin gehen wir?«

»Wir suchen jemanden«, sage ich, während ich versuche herauszufinden, wo wir lang müssen. Ich weiß zu wenig.

»Jemanden? Wen kennen wir denn hier? Welches Erdenkind könnte uns schon bei der Suche nach Malik helfen, wenn es die Sternenkinder schon nicht können?«

»Wir sind nicht auf der Suche nach Hilfe.« Bereits während ich das sage, plagt mich mein schlechtes Gewissen. Was Kira angeht, bin ich zum Feigling geworden. Ich schaffe es nicht mehr, ihr Dinge vollständig zu erzählen, mich ihr anzuvertrauen, und ich schaffe es noch weniger, ihr zu erklären, dass es nicht an ihr liegt, sondern an mir. Dass mich das Geschehen auf eine Art verändert hat, die uns nicht guttut. Ich will sie nicht verletzen. Ich habe ihr nichts gesagt und will es auch jetzt nicht tun.

»Vielleicht solltest du dich zurückziehen. Erdenkinder sind den Anblick von leuchtenden Tieren nicht gewohnt.«

»Wo gehst du hin?« Sie bleibt stehen. Sie wird nirgendwo hingehen, wenn ich es ihr nicht sage.

»Jim.«

»Wie bitte?«

»Ich suche Jim.«

»Warum? Warum tust du dir das an? UNS! Wieso?« Sie schreit mich nahezu an. Es ist lange her, dass sie das in dieser Form getan hat.

»Weil ich das Gefühl habe, dass es sein muss«, presse ich heraus. »Weil ich ihm … Ich will ihm Lynns Stock geben.«

»Er gehört Lynn und dir. Er ist aus Mondstein, nicht mehr ganz aus Holz. Er gehört nicht in diese Welt.«

»Da bin ich nicht sicher …« Ich kann es nicht erklären.

»Ich hoffe, du weißt, was du tust. Überleg dir gut, was du ihm sagst. Und sei dir sicher: Du wirst ihn verletzen.« Mit diesen Worten verblasst Kira, zieht sich zurück und ich stehe allein am Wegesrand.

Jemand kreuzt meinen Weg und ich tue etwas Ungewöhnliches. Ich frage ihn nach dem Weg. Frage nach einem Mann mit dem Namen Jim, einem Ort, an dem gekämpft wird. Nach einem irritierten Blick und ein paar Sekunden Bedenkzeit sagt er mir, dass es möglich wäre, dass ich die Kampfschule irgendwo am oberen Ende der Straße oder vielleicht doch ein paar Straßen weiter meine. Aber er ist sich nicht sicher, wo genau und ob der Betreiber oder ein Mitarbeiter Jim heißt. Er interessiert sich nicht für so etwas. Ich bedanke mich, folge seiner mehr oder minder guten Beschreibung.

Und er hatte recht. Wenige Straßen weiter finde ich es. Kiras Worte kommen mir in den Sinn, sobald ich das Gebäude sehe, und meine Entschlossenheit wankt. Ein komisches Gefühl und so etwas wie Unsicherheit breiten sich in mir aus. Ich blicke mich um, einem Impuls folgend, bevor ich zum Eingang gehe und einmal tief einatme. Ich trete ein.

Abgestandene Luft schlägt mir entgegen, diesiges Licht im Eingangsbereich. Es ist ruhig.

Ein Mann mittleren Alters kommt um die Ecke, markantes Gesicht, freundliche Augen, gut gebaut. Muskulös, aber nicht falsch proportioniert, kleiner als ich.

»Hallo«, sagt er höflich. »Kann ich Ihnen helfen? Momentan findet kein Training statt, aber wenn Sie später …«

»Seid Ihr … Ich meine«, unterbreche ich ihn und räuspere mich. Auf der Erde reden die Menschen anders, ich vergaß. »Sind Sie Jim?«

»Ja. Und Sie sind?« Er kneift die Augen zusammen, bleibt stehen. Statt auf seine Frage einzugehen, lasse ich die Tasche auf den Boden sinken, bücke mich und ziehe sie auf, greife nach dem Langstock, der nur noch winzige Teile seines ursprünglichen Materials enthält. Ich halte ihn fest, meine Knöchel treten hervor, meine Finger schmerzen leicht. Ich richte mich auf. Mit meiner Hand halte ich ihn zwischen uns, hebe ihn hoch und mein Blick liegt auf Jim, der den Langstock bestaunt, ihn mustert. Man kann seine Gedanken förmlich rasen sehen, man sieht ihm seine Gefühlsregungen an. Er mustert ihn, fragt sich, was für eine Art Stock das ist, was ich hier tue und warum ich ihm das zeige. Er ist wie ein offenes Buch.

»Ein besonderer Langstock. Aber wieso zeigen Sie ihn mir? Wer sind Sie?«

»Er ist für Sie. Es ist nur … richtig, wenn Sie ihn bekommen.«

Zögerlich tritt er näher, greift nach dem Stock, Jim und Jim vereint. Seine Hand legt sich um den kühlen und glatten Mondstein, seine Finger umfassen ihn. Er dreht ihn, mustert und prüft ihn genauer und dann ist es so weit. Zischend atmet er ein, seine Augen weiten sich. Beinahe lässt er den Stock fallen.

»Unmöglich«, flüstert er, bevor er sich mir wütend zuwendet. »Wo ist Lynn?« Der Stock in seiner Hand zielt nun auf mich, er geht in Kampfstellung.

Ich hebe leicht die Hände, versuche ihm zu vermitteln, dass ich keine Gefahr für ihn bin. »Mein Name ist Juri. Ich bin …« Ja, was bin ich? Ein Freund von ihr? Dann recke ich das Kinn und sage das Einzige, das ihn wahrscheinlich beruhigen und von meiner guten Absicht überzeugen kann. Etwas Persönliches. »Jim. Lynn hat ihren Stock Jim genannt.«

Seine Verblüffung ist offensichtlich, seine Angriffshaltung lässt nach, also rede ich weiter. Er schluckt schwer.

»Der Stock ging kaputt und sie war so wütend darüber. Ich habe ihn repariert, mit anderen, sagen wir, besonderen Materialien. Ich dachte, es wäre nur fair, dass Sie ihn bekommen.« Den Rest kann ich nicht aussprechen, ich will es nicht. Aber Jim ist kein Idiot. Wenn ich hier bin, ohne Lynn, aber mit ihrem Langstock …

»Wo ist sie?«, fragt er nochmals und eigentlich ist es keine Frage. Er ahnt es. Er weiß es. Er will es hören.

»Lynn ist …« Ich räuspere mich. »Es tut mir leid.« Mein Inneres droht zu zerreißen, zu verbrennen, Kiras Schrei hallt in mir nach, ihre Seele weint und meine mit ihr. Ich muss die Augen schließen und bis drei zählen, bevor ich sie wieder öffnen kann.

Jim hakt nicht noch einmal nach, fragt nicht, wie es passiert ist und wann oder ob er es richtig verstanden hat. Er drückt lediglich den Stock an sich, atmet tief ein, zitternd. Unauffällig versucht er eine Träne aus dem Augenwinkel zu wischen.

»Komm, Juri. Lynns Freunde sind meine Freunde.«

Ich folge ihm, hinein in eine überschaubare und erstaunlich gemütliche Halle, mit tiefen Decken und breiten Fensterfronten, die jedoch deutlich verstaubt sind. In der Mitte lässt er sich auf einer der Matten im Schneidersitz nieder und ich mich gegenüber von ihm. Trübes Licht dringt hinein, lässt Staubpartikel in der Luft tanzen und eine einzigartige Atmosphäre entstehen.

»Ihr wart doch Freunde, oder?«, fragt Jim als Erstes.

»So etwas in der Art.«

»Das reicht mir. Ich sehe dir an, dass sie dir wichtig war. Auf welche Art, ist mir egal. Dass ich Du zu dir sage, ist okay, oder?« Ja, das ist es. Er legt den Langstock zwischen uns ab, ich meine Tasche neben mich. »Danke, dass du vorbeigekommen bist. Ich habe mir Sorgen gemacht. Sie war ewig nicht hier und im Heim konnte man mir keine Auskunft geben. Oder man wollte es nicht.« Er schnauft. »Natürlich … ich hatte gehofft … Mit dieser Nachricht habe ich nicht gerechnet.«

»Es tut mir leid«, wiederhole ich – als würde es etwas besser machen.

»War sie glücklich? Ist sie es irgendwie gewesen?« Mit seinen Fingern gleitet er über den Mondstein und verharrt am letzten Stück des Stockes und auf dem einzigen Rest an Holz.

»Sie hatte Mut im Herzen und Liebe in der Seele«, sage ich leise und lächle, weil es stimmt. Kein anderer Spruch beschreibt besser, was und wie Lynn war. Das ist der Augenblick, in dem Jim seiner Trauer nachgibt und weint. Es fällt ihm schwer, er kämpft dagegen an, aber ich kenne es nur zu gut: Die Trauer ist zu stark. Also sitze ich da und warte, ohne etwas zu sagen. Selbst gefangen in einem Kampf, den keiner sehen kann.

Keine Ahnung, wie lange es gedauert hat, bis Jim sich wieder gefasst hat und ruhiger wird. Ob es ihm jetzt irgendwie besser geht. Wahrscheinlich ja, aber ich weiß, es wird nicht besonders lange anhalten.

»Lass uns kämpfen.« Jims Stimme klingt fest. Er steht bereits auf, nimmt Lynns Stock mit. Während ich mich erhebe, frage ich: »Woher willst du wissen, dass ich das kann?«

»Ich bin nicht blöd. Ich weiß es auch gar nicht, aber ich bin mir sicher. Es ist die Art, wie du dich bewegst, wie du deine Umgebung beobachtest. Wie du den Langstock gehalten hast. Außerdem hast du da zwei Schwerter in der Tasche«, sagt er beinahe locker, während er mir Lynns Stock zuwirft und sich seinen eigenen holt.

Ich verstaue meine Tasche am Rand der Halle, wiege Lynns Waffe in meinen Händen, während ich zu ihm in die Mitte der Halle zurückschlendere. Jim und ich stehen voreinander, neigen den Kopf – dann umkreisen wir uns achtsam und mit Bedacht.

Es dauert nicht lange, bis der Kampf beginnt. Nach wenigen Sekunden greift Jim an, ein Schritt vor, antäuschen, Stock vor. Verdammt, er ist schnell. Er ist gut. Sein Stock knallt gegen meinen. Er ist nicht stärker als ich, aber er kann seine Energien gut nutzen. Man merkt es ihm an: Diese Waffe liegt ihm. Ich würde am liebsten nach meinen Schwertern greifen, denn die beherrsche ich wesentlich besser.

Schlag auf Schlag, eine Drehung folgt. Ich wehre ihn am Anfang mehr ab, als dass ich angreife, traue mich nicht ganz, all meine Wut und meine Kraft in meine Bewegungen zu legen. Aber irgendwann wird es leichter, wird zu einem Muster. Es entsteht eine gewisse Routine. Minutenlang kämpfen wir, der Schweiß steht mir auf der Stirn und ich fange an, es zu genießen. Die Angespanntheit und Bewegung meiner Muskeln. Meine Gedanken leeren sich. Es fühlt sich an wie eine Pause. Es tut gut.

Bis da etwas ist. Ich bin irritiert – und Jim zieht mir mit seinem Stock sofort die Beine weg. Ich lande krachend auf dem Rücken, Jim steht über mich gebeugt da, das Ende seines Stockes ist auf mich gerichtet. Sein Atem geht so schnell wie meiner, sein Shirt ist durchzogen von Schweiß. Aber all das bekomme ich nur am Rande mit. Etwas hat mich abgelenkt. Es war wie ein Schatten in meinem Bewusstsein, ein Huschen im Augenwinkel, eine Bewegung. Wieder dieses dumpfe Gefühl.

Jim streckt mir seine Hand hin und ich ergreife sie, lasse mir aufhelfen. Meine Sinne sind geschärft. Irgendetwas …

»Du bist gut. Aber der Stock ist nicht deine Waffe. Er ist kein Teil von dir, wenn du kämpfst.«

»Ja, Lynn war besser.«

»Sie war leidenschaftlich und hatte Talent.« Er lächelt. »Sie war ein Hitzkopf.«

Nachdem ich das sagte, fährt mein Kopf ruckartig nach rechts um, zu den beiden Türen der kleinen Halle, die in Richtung Flur führen. Links sind viele Fenster, aber es gibt nur diese Ein- und Ausgänge. Da war etwas. Ohne die Türen aus den Augen zu lassen, schleiche ich halb seit-, halb rückwärts zu meiner Tasche. Ich ziehe meine Schwerter, lautlos. Nur kurz huscht mein Blick zu Jim.

»Wie lange hast du Lynn unterrichtet?« Mein Tonfall ist locker, leicht, nur unterschwellig bemüht. Er passt nicht zu meinen Bewegungen, zu meinen Schwertern und meiner Kampfhaltung. Es soll eine Ablenkung sein. Falls jemand hier ist, möchte ich, dass er so spät wie möglich versteht, dass seine Anwesenheit kein Geheimnis mehr ist. Jim reagiert kurz verwundert, zieht die Augenbrauen zusammen und sieht mich fragend an. Bis irgendetwas in ihm zu begreifen scheint, was vorgeht. Ich weiß nicht, was oder wie viel, ob es nur ein Gefühl ist, aber er redet fröhlich drauflos, erzählt von Lynn und seinem Job, während er den Stock und sich in Kampfhaltung bringt und konzentriert bleibt.

Am liebsten würde ich Kira rufen, doch das kann ich nicht. Nicht hier vor Jim. Genauso wenig kann ich mich teleportieren, was ohnehin nicht einfach ist in einer unbekannten Umgebung.

Mein Körper schmiegt sich an die Wand, neben den Türen, ich spüre sie kalt und hart durch das T-Shirt an meinem Rücken. Ich warte. Auf eine Bewegung, ein Geräusch, irgendetwas. Doch da ist nichts. Trotzdem beuge ich mich vor, langsam, vorsichtig, spähe um die Ecke – erst in die eine, danach die andere Richtung. Das Licht scheint nur spärlich hinein, die Luft ist noch immer dick und abgestanden, staubig und trüb, besonders hier auf dem schmalen Gang. Möglich, dass es schlimmer wirkt, als es ist, weil ein paar der Fenster schlicht zu dreckig sind.

Ich bewege mich vorsichtig vorwärts.

Nichts.

Wieso geht dieses Gefühl nicht weg? Dieses, dass etwas nicht okay ist. Ich schiebe mich weiter aus der Halle, gehe den Gang entlang, darauf bedacht, keine zu hektischen Bewegungen zu machen, keinen Laut zu erzeugen. Ein Schritt, ein weiterer und … da! Ein Schatten. Eine Bewegung, so flüchtig, dass ich für eine Sekunde selbst daran zweifle. Aber sie war da, an der Säule in der Ecke, ich habe sie im Augenwinkel gesehen. Es kostet mich unendlich viel Kraft, weiterzugehen, das Gefühl zu vermitteln, nichts mitbekommen zu haben. Aber genau das will ich. Wer auch immer das ist, er spioniert uns aus – Jim oder mich. Weitere Möglichkeiten erscheinen mir nicht plausibel. Ein Dieb? Was sollte er schon stehlen? Ein paar der Übungsstöcke? Nein, das erscheint mir unsinnig.

Mir bleiben zwei Möglichkeiten: zu ihm rennen, den Überraschungsmoment verlieren und ihn damit vielleicht ebenso, oder …

Die Entscheidung ist bereits vorher gefallen, ich teleportiere mich direkt zu ihm, an die Säule. Es dauert keinen Wimpernschlag, schon stehe ich da, hebe mit einer eleganten Bewegung eines der Schwerter und die Klinge berührt den Hals des Mannes vor mir. Schlank, aber muskulös, etwas kleiner als ich – er ist nicht überrascht. Er ist kein Erdenkind. Ein Sternenkind. Ich schlucke schwer, drücke fester zu und bin darauf gefasst, dass er sich teleportiert.

»Wer seid Ihr?«, zische ich, während ich die Mondsteinklinge weiter an seine Haut drücke. Doch er grinst nur. Seine Nase sieht gebrochen aus, seine Augen sind leicht geschwollen.

»Was tut Ihr hier? Wonach sucht Ihr?«

Ich bekomme keine Antwort, lediglich ein spöttisches Grinsen. Eines, das mir vermittelt, dass ich etwas übersehe … Meine Sinne schärfen sich erneut. Nichts zu sehen, kein ungewöhnlicher Geruch. Kein Geräusch.

Irgendetwas … und dann macht es klick. Kein Geräusch! Ich kann nichts mehr hören. Wieso verflucht noch mal redet Jim nicht mehr?

Vorsichtig und gleichzeitig so schnell wie möglich gehe ich mit dem Typen im Schwitzkasten zurück. Er wehrt sich nicht, trotzdem oder gerade deswegen ist mein ganzer Körper angespannt. Eine falsche Bewegung von ihm und sein Genick wäre gebrochen oder ich schlitze ihn einfach auf. Aber ich glaube nicht daran, dass das der Grund ist, warum er nicht versucht, mir zu entkommen. Ich denke, er will es vielleicht gar nicht.

Leise, aber nicht lautlos schaffe ich es zum Eingang der kleinen Halle, atme tief ein, bevor ich mit ihm eintrete – Und genau das sehe, was ich nicht sehen wollte. Jim wird von zwei weiteren unbekannten Typen festgehalten. Einer von ihnen drückt ihm die Luft ab. Jim röchelt, kann aber noch atmen.

Beide sehen mich an.

Scheiße, es geht um mich. Ich habe es geahnt. Wer auch immer sie sind, sie sind wegen mir hier und ich habe sie direkt zu Jim geführt, ihn in Gefahr gebracht. Jetzt geht es darum, uns beide hier herauszuschaffen und vorher im besten Fall irgendwie Antworten zu bekommen. Meine Gedanken rasen, mein Kopf sucht nach Lösungen, doch er findet keine, denn in jeder von ihnen sind entweder ich oder Jim am Ende verloren. Also bleibe ich stehen und warte ab. Zeit schinden, auch wenn ich nicht weiß wofür, ist wohl gerade meine beste Option. Zentimeter um Zentimeter schiebe ich mich mit dem Kerl vor mir weiter in die Halle, bis Jim, seine Angreifer und mich nur noch wenige Meter trennen. Während mein Arm um den Hals des Typen liegt, bereit, ihm das Genick zu brechen, sitzt meine Schwertspitze an seiner Seite, bereit, ihn zu erstechen, falls nötig. Mein anderes Schwert sehe ich in der Hand des zweiten Angreifers neben Jim und wenn ich mir nicht fest auf die Lippe beißen würde, wäre mir ein Fluch entwichen.

Ich lasse mein Schwert kurz aufleuchten. Eine Warnung.

»Nun ja«, sagt der Eine, links von Jim. Unauffällige dunkle Kleidung, praktisch. Kurzes schwarzes Haar, ein paar Narben. Mittlere Größe und Statur. Schwer einzuschätzen.

»Das hier ist jetzt wohl eine der Situationen, in denen man sagt: Das war nicht geplant.« Sein dämliches Grinsen macht mich wütend, noch wütender als das widerliche Lachen, das direkt vor mir ertönt und das ich mit Druck auf den Hals durch meinem Arm sofort ersticke. Er hustet, röchelt.

»Was war denn der Plan?«, frage ich beinahe desinteressiert. Ein lockerer Plausch, wären wir nicht bewaffnet und hielten Leben in unseren Händen.

»Eine gute Frage. Aber die Antwort ist nicht für Euch bestimmt. Noch nicht.« Ich werde hellhörig.

»Wer seid Ihr, was tut Ihr hier und was soll das alles?«

»Noch mehr Fragen.« Er seufzt und schwingt mein Schwert. Langsam, provokant. Fast spielerisch. »Auch die werden nicht beantwortet werden. Wir werden jetzt gehen und Ihr werdet uns nicht aufhalten.«

»Ihr habt Humor. Das habe ich nicht erwartet.«

»Ganz im Gegenteil.«

»Warum seid Ihr hier?«

»Ihr seid hartnäckig.«

»Ihr kennt mich nicht.«

Sein Grinsen wird breiter. »Seid Ihr Euch sicher? Juri, Krieger des Mondes, Wächter Menuas.«

Wäre ich nicht so angespannt, hätte man mir angesehen, wie meine Gedanken anfangen zu rasen. Zu ahnen, dass es um einen selbst geht, ist das eine, es zu wissen das andere. Das Schlimmste daran ist wohl, dass dieses Wissen eine andere Erkenntnis mit sich bringt.

»Wo ist Malik?«

»Warum sucht Ihr ihn immer noch?«

»Um es zu Ende zu bringen«, presse ich hervor. »Ich dachte nicht, dass er ein Feigling ist.«

In diesem Moment sehe ich zu Jim, erkenne seine Bewegung, während er mich fixiert. Nein, will ich schreien. Wenn er jetzt etwas tut, wird er etwas in Gang setzen, das wir beide nicht einschätzen und erst recht nicht rückgängig machen können. Wir wissen zu wenig, wir müssen warten. Nein, *ich* weiß zu wenig. Ich muss erst herausfinden, wo Malik ist, warum er sich versteckt und mich gleichzeitig verfolgt.

Tu es nicht, Jim, tu es nicht. Es ist wie ein Mantra in meinem Kopf.

Aber es ist zwecklos.

Es ist zu spät.

Kapitel 12

Zufall und Schicksal liegen so nah beieinander,
dass man sich unweigerlich fragt, ob man manche Dinge
hätte ändern oder verhindern können.
Oder ob man von Anfang an keine Chance hatte.

Juri

Jim schiebt seinen Kopf leicht vor, ich kenne die Bewegung. Er macht sie langsamer, als man es normalerweise tun würde, weil er keine Aufmerksamkeit auf sich lenken will, aber ich sehe es – und ich muss reagieren.

Als sein Hinterkopf mit einem kräftigen Ruck in das Gesicht seines Angreifers schießt, packe ich zu und nach einer schnellen Bewegung und einem Knacken erschlafft der Körper in meinen Armen. Ich hatte keine Wahl. Verflucht!

Er gleitet zu Boden, ich steige über ihn, während er zu Sternenstaub wird, bringe mein Schwert in Position und lasse die beiden Angreifer nicht aus den Augen. Während Jim sich einen Langstock geschnappt hat und auf den Angreifer zugeht, der sich die blutende Nase hält, nähere ich mich dem anderen. Dem, der mit mir redete. Der noch immer dieses beschissene Grinsen im Gesicht hat und mein zweites Schwert in der Hand.

Ich teleportiere mich zu ihm und der Aufprall treibt mir die Luft aus den Lungen. Ein Schwert kracht gegen das andere, mittendrin werde ich aus der Teleportation gerissen. Er ist auch ein Kind Menuas, er kann es auch und er hat meine Bewegung so schnell vorhergesehen, wie ich es nicht erwartet habe. Er hat sich im selben Moment auf mich zubewegt wie ich, wir prallten gegeneinander und teleportierten uns zurück auf den Boden.

Malik hat sich Verräter gesucht, Kopfgeldjäger oder was sie sonst sein mögen.

Es ist schwer, die Wut und den Hass zu unterdrücken, die in mir brodeln. Ein Blick zu Jim verrät mir, dass er sich wacker hält, aber es ist nicht zu übersehen, dass sein Kampfgeist ihn nicht mehr lange wird über Wasser halten können. Ich hebe meinen Arm, strecke ihn zur Seite und lasse Kira heraus. An diesem Punkt ist es mir verdammt egal, ob Jim sie sieht und ob er es verstehen wird. Mit etwas Pech hat er bereits das Teleportieren wahrgenommen. Ja, es ist egal, ich will nämlich nur zwei Dinge: Malik finden und uns hier heil herausbringen. Um den Rest werde ich mich im Anschluss kümmern und nicht bereits jetzt Gedanken daran verschwenden. Wenn Jim verrückt wird, ist mir das lieber als andere Alternativen.

Kira landet neben mir, in Kampfstellung. Unsere Verbindung hat sie längst informiert, sie weiß, wir sind in Gefahr, auch wenn sie die Situation jetzt erst einigermaßen einschätzen kann und es mit eigenen Augen sieht. Ihr Knurren dringt zu mir.

»Kira, hilf Jim!« Sie sprintet los und ich weiß, sie wird das schaffen. Ich muss mich jetzt mit dem Typen vor mir auseinandersetzen.

»Malik schickt Euch also. So feige wie er ist …« Keine Reaktion. »Wollt Ihr mir nicht wenigstens Euren Namen verraten? Es wäre doch schade, wenn Ihr namenlos sterben würdet.«

»Überheblichkeit ist keine Stärke«, sagt er so provokant wie nur möglich, bevor er sich erneut teleportiert und mich angreift. Seine Technik ist gut, er ist schnell, aber mit dem Trick überrascht er mich kein zweites Mal.

Trotzdem bleibt er unberechenbar. Er täuscht links an, zieht das Schwert so schnell im Bogen zurück, dass ich Schwierigkeiten bekomme. Besonders, als er mitten im Schlag teleportiert und hinter mir landet. Gerade noch so kann ich mein eigenes Schwert drehen und heben, mich leicht beugen, um seinen Angriff abzuwehren. Eine erneute Drehung, ich will ihm die Beine wegziehen und ihn zu Fall bringen, aber er weicht geschickt aus. Ich rolle mich zur Seite, erhebe mich und wir umkreisen uns. Im Augenwinkel sehe ich Jim und Kira. Ihr Angreifer hat Jims Stock in der einen und einen Dolch in der anderen Hand und Kira versucht, mehr Jim zu verteidigen als sich zu schützen. Scheiße!

»Was wollt Ihr?«

»Nichts. Wir wollen nur gehen.«

»Ihr wisst, dass ich das nicht zulassen kann. Nicht, bevor ich nicht weiß, wo Malik ist. Das oder Euer Tod sind Eure beiden einzigen Optionen.«

»Ihr seid unterhaltsam. Ich kann verstehen, dass er Euch noch nicht …« Er unterbricht sich selbst, redet nicht weiter, als hätte er bereits zu viel verraten. Anstatt mich anzugreifen, sieht er zu Jim und Kiras Angreifer. Zu oft. Wieso? Er kann sich teleportieren, er könnte einfach verschwinden. Es sei denn …

Er sieht mir an, dass ich es verstanden habe. Er hat schon einen Kämpfer verloren, er braucht den zweiten und dieser kann nicht teleportieren. Sonst hätte er es längst getan. Er ist darauf bedacht zu verschwinden. Er braucht Platz und …

»Kira, halt ihn! Ihr müsst ihn festhalten!« Kira springt sofort los, lässt Jim hinter sich und ich will mich teleportieren, doch ich bin zu langsam. Mein Angreifer ist bereits verschwunden, materialisiert sich verdammt schnell wieder und stößt Kira im Sprung mit voller Kraft gegen den Kopf und zur Seite. Ihr Jaulen geht mir durch Mark und Bein.

»Nein!«, schreie ich und aus einem Reflex, ohne nachzudenken, springe ich ihr sofort hinterher, teleportiere mich und kann sie auffangen, bevor sie gegen die Wand samt Fenster knallt. Dafür kann ich den Sturz nicht ganz abfedern und beiße die Zähne zusammen, als wir zusammen halb an der Wand ankommen und halb auf dem Boden landen. Mühsam erhebe ich mich, mein Schwert liegt nicht mehr in meiner Hand, denn ich musste mich entscheiden: Schwert oder Kira.

Und in diesem Augenblick packt mein Angreifer den geschwächten Typen neben sich und sieht mich ein letztes Mal an. Dieses Grinsen, dieses Gesicht.

»Hier. Euer Schwert!« Mit einer fließenden Bewegung, gezielt und kraftvoll, schmeißt er es von sich weg. Mit einem Ziel. Ich höre sein Lachen, da sind sie schon längst fort.

Kira stöhnt auf, aber es ist Jims Röcheln, das mich beinahe ganz in die Knie zwingt. Mein Schwert steckt in seinem Oberkörper, ragt auf der anderen Seite hervor. Blut, überall Blut. Ich bin kurz davor, mich zu übergeben, weil ich in all dem Blut Lynn sehe, sie in ihrem roten Kleid, auf diesem Boden, getroffen von einem Schwert. Blutrot.

»Scheiße, scheiße, scheiße. Nein! Das darf nicht sein!« Ich überbrücke die wenigen Meter zwischen Jim und mir innerhalb kürzester Zeit, fange ihn auf, als sein massiger Körper nach vorne kippt, beiße mir dabei auf die Zunge.

Kira humpelt zu uns.

Tränen steigen mir in die Augen. Das darf doch nicht wahr sein! Das kann unmöglich passieren.

»Es tut mir leid«, sage ich nur leise, sinke mit Jim zu Boden. »Es tut mir leid.« Und das tut es. Mehr, als er ahnt. Wenn ich nicht hergekommen wäre, aus sentimentalen Gründen, wäre er nicht in dieser Situation. Es würde nicht noch jemand sterben.

»Ich kann verstehen, dass Lynn …« Er hustet schwer, röchelt. »Sie mochte dich ganz sicher«, sagte er lächelnd.

»Es tut mir leid«, wiederhole ich immer wieder und wieder.

»Ich habe sie geliebt«, gebe ich zu, aber Jim kann meine Worte nicht mehr hören.

Jim ist tot.

Kapitel 13

Lynn

Was auch immer mich zusammensetzte – es hat versagt. Es hat etwas falsch gemacht, denn es hat nicht funktioniert. Ich weiß es genau, ich bin kaputt.

Leuchten sollte ich, ich bin mir sicher. Leuchten und nicht fühlen. Denn ich bin ein Stern, nicht mehr.

Nicht wahr?

Kapitel 14

Manchmal merkt man nicht, wie tief das Loch ist,
in das man zu fallen droht.

Malik

»Wo ist Eliah? Warum sieht Ráz aus, als wäre er gegen eine Wand gelaufen?«

»Eliah ist tot.« Toah sieht mich gelassen an. Gelassen, ja fast gleichgültig, sodass ich nur wütender werde.

»Wie konnte das passieren?«

»Er war ein Idiot.« Er grinst dümmlich.

»Das stimmt. Aber das erklärt gar nichts!«, zische ich ihn wütend an und baue mich vor Toah auf. »Was habt ihr angerichtet?«

»Ich sagte es bereits: Eliah war ein Idiot. Er hat sich erwischen lassen. Im Gegensatz zu ihm macht Juri keine halben Sachen. Da dein Befehl lautete, ihm kein Haar zu krümmen, war ein Verschwinden ohne Verluste nicht möglich.«

»Er hat Eliah getötet und Ráz verprügelt? Wo warst du in der Zeit?«

»Er hat Eliah getötet. Für Ráz' Aussehen war jemand anderes verantwortlich, samt Juris Begleiterin. Ich habe mich um den Mondkrieger gekümmert und nun einen Vorteil eingebüßt. Er weiß nun, was ich kann und was Ráz nicht kann. Dass ich ein Sternenkind bin und er nicht.«

»Kira«, murmle ich. »Wo wart ihr? Wer ist die andere Person?«

»War. Es war jemand namens Jim. Wir sind Juri bis zur Erde gefolgt.«

»Ihr solltet ihn beobachten, nicht mehr. Ich kann nicht fassen, dass ihr Eliah verloren habt, eure Tarnung aufflog und …« Ich bin so sauer, ich verliere meine Konzentration, raufe mir die Haare. »Ihr werdet gut bezahlt. Es ist mir egal, ob ihr lebt oder sterbt, solange ich bekomme, was ich will. Juri kann ich nun endgültig vergessen.« Ich entferne mich von Toah, sammle mich und ziehe den Umschlag aus meiner Tasche, der heute, nach diesem Debakel, seinen Weg zu seinem Empfänger antreten wird. Wenn ein Plan nicht funktioniert, schmiede einen neuen.

Wenn Juri nicht für mich ist, ist er gegen mich. Damit hat er sein Todesurteil unterschrieben.

Ich werde kämpfen. Auf meine Art.

Kapitel 15

Wenn im Leben alles zerbricht
und dir zu Füßen fällt, geh weiter.
Geh immer weiter, bis es endet.
Irgendwann lässt du die Scherben hinter dir.

Juri

»Wir müssen gehen!« Ich glaube, die Worte kommen aus meinem Mund. Sie fühlen sich unwirklich an. Meine Hände sind warm, voller Blut. Meine Kleidung auch. Kiras Fell …

»Kira«, sage ich, aber sie reagiert nicht auf meine Stimme. Das letzte bisschen Vernunft zusammenkratzend, lasse ich Jim ganz zu Boden gleiten und erhebe mich. Bei Kira angekommen, will ich sie hochheben oder wegziehen, aber sie wehrt sich, sie faucht und tritt mit allen vieren, sogar mit ihrer verletzten Pfote nach mir. Ich versuche sie in das Sternbild zu ziehen, aber sie leuchtet nur heller und heller, wehrt sich weiter. Bis ich sie umfasse. Anstatt gegen sie zu kämpfen, halte ich sie einfach. Ich nehme sie in den Arm.

Sie weint und es tut mir im Herzen weh.

Es dauert einige Minuten, bis ihr Schluchzen leiser wird, ihr Körper etwas weniger bebt.

»Wir werden es nicht schaffen!«, entfährt es Kira, die sich nun seufzend aus meinen Armen windet und zu mir dreht, mit hängendem Kopf und leicht angelegten Ohren. Ihr Licht flackert, ihr Leuchten hat nachgelassen, ist nun schwach, ihr Fell schmutzig, blutig.

»Sei still. Ich will das nicht hören! Wir werden es schaffen!« Völlig außer Atem und grimmiger als beabsichtigt, erwidere ich ihre Worte. Ich habe es Lynn versprochen und ich schwor es auf Menuas Boden.

Mein Herz wird schwer, ich kann nur flach atmen, mein Hals schnürt sich zu. Von meinen Gedanken und dem Blick, den Kira mir zuwirft, nachdem sie sich mir zuwandte. Er ist so voller Mitleid, dass mir übel wird. Er sagt mir, dass sie versteht. Damit macht sie mich wütender, als ich je gedacht habe und ich kann nicht genau erfassen, aus welchem Grund. Vielleicht, weil meine Überzeugung bröckelt. Vielleicht, weil etwas tief in mir genau das Gleiche sagt wie sie: Wir werden es nicht schaffen.

Egal, wie sehr ich es will und mir wünsche. Ich habe Lynn verloren. Wir haben schon so viele Opfer gebracht. Wir und alle anderen. Aber ich werde es bis zum bitteren Ende versuchen! Ich werde Malik verfolgen, ihn jagen – bis zu dem Moment meines letzten Atemzuges.

»Komm«, sage ich nur, nehme meinen Rest an Mut zusammen und ziehe mein Schwert vorsichtig aus Jim heraus, sammle das andere ein – auch den Langstock – und greife nach Kira. »Wir müssen hier weg.«

Wir landen vor den Mauern des Palastes. Ich habe uns absichtlich nicht hineinteleportiert, schließlich bin ich kein Teil dieses Ortes, kein Teil der Mondkrieger mehr.

Ich höre es, die Wachen sind in Aufruhr, sie sind gut aufgestellt und haben längst bemerkt, dass jemand auf dem Gelände ist.

Wir sind blutverschmiert. Ich kann nur auf den Langstock in meinen Händen starren. Er sollte Jim gehören. Jetzt habe ich ihn noch immer, nichts hat sich verändert – nur dass Jim tot ist. Egal, wie oft ich sage, dass ich Malik um jeden Preis finden und vernichten will … Mancher Preis ist zu hoch und man merkt es erst, wenn es zu spät ist.

»Juri?« Noahs Stimme dringt zu mir. Er hat sich durch die Mauer aus Wachen gedrängt, wie ich sehe, und steht nun vor mir, mit besorgtem Blick. »Was ist passiert?«

Meine Stimme versagt beim ersten Versuch zu sprechen. Ich schüttle den Kopf und reiche Noah Jim. Beim zweiten Mal kann ich die Worte finden, aber meine Stimme klingt brüchig und kratzig. »Gebt ihn Faras. Sorgt dafür, dass sich ein Heiler Kira ansieht.« Sie widerspricht mir nicht.

»Ja, natürlich.« Noah dreht sich um, bellt Befehle und die Wachen huschen wie Ameisen dahin. Die Geräuschkulisse klingt gedämpft in meinen Ohren, alles rauscht so dahin, vor mir, als wäre ich kein Teil davon. Ich reibe mir übers Gesicht und lasse es sofort wieder, weil mir einfällt, dass meine Hände voller Blut sind.

»Ich muss zum König.« Ich blicke in Noahs Gesicht, sehe etwas verschwommen. Er hadert mit sich, doch schließlich gibt er nach. »Gut. Folge mir. Zuerst solltest du dich … Es geht dir doch gut, oder?«

»Das ist nicht mein Blut«, antworte ich schlicht, während ich ihm in den Palast folge, unter den Blicken von Dutzenden Wachen und Mondkriegern, während Kira zu einem Heiler gebracht, gut gepflegt und hoffentlich gebadet wird.

Im Foyer bleibt Noah vor mir stehen, hadert erneut mit sich. Ich bin erledigt. Ich habe keinerlei Zeit dafür und auch keine Lust auf solche Spielchen.

»Was willst du mir sagen?«

»Ist es dringend? Was ist passiert?«

»Es gibt zwei Möglichkeiten, warum du das fragst. Erstens, du möchtest, dass ich vorher dusche, weil ich beschissen aussehe, und das könnte ich, wenn es nicht dringend wäre. Zweitens, du bist neugierig.«

Sein Gesicht zeigt keine Regung, aber ich habe einen Nerv getroffen, sonst hätte er reagiert. Irgendwie. Und würde nicht krampfhaft versuchen, es nicht zu tun. Deshalb rede ich weiter. »Ich werde nicht duschen, ich will sofort zu Faras und was passiert ist, kann ich dir nicht sagen.« Es geht dich nichts an, setze ich in Gedanken hinzu. Mein momentaner Zustand gleicht dem eines labilen Menschen – unausgeglichen, unberechenbar, mit chaotischen Gefühlen und einer immer wiederkehrenden Wut oder Trauer. Ich habe keine Geduld. Nicht heute. Nicht jetzt.

Als Noah sich umdreht und seinen Weg ohne weitere Fragen oder gar Widerworte fortsetzt, bin ich erleichtert. Obwohl er es nur widerstrebend tut – er tut es. Zwar bin ich kein Teil der Mondkrieger mehr, aber ich war es. Das kann mir niemand nehmen. Wahrscheinlich hätte er es unter anderen Umständen nicht so einfach auf sich beruhen lassen und meine Stichelei weniger gut aufgenommen.

Wir gehen nicht in den Saal oder Konferenzraum, sondern in Richtung der Privaträume des Königs. Die Treppe hinauf, nach links, aber anstatt in Richtung Lynns Zimmer, biegen wir schon vorher nach rechts ab. Faras hat sein altes Zimmer behalten, wollte nicht in die königlichen Räume umziehen. Wer kann es ihm verdenken? Auch wenn es viele für eigenartig halten. Sein Zimmer ist im Gegensatz zu den Gemächern von Artas winzig, trotzdem ist es das seine und er wird dort nicht andauernd daran erinnert, dass seine ganze Familie tot ist und er als Einziger überlebt hat.

Noah stoppt vor der Tür, hebt die Hand und klopft zweimal kräftig. Faras' Stimme ertönt, ein dumpfes *Herein* dringt zu uns nach draußen und Noah öffnet mir die Tür, lässt mich ein, ohne etwas zu sagen, und schließt sie direkt hinter mir wieder, ohne mich anzukündigen. Faras sitzt gerade in seinem Sessel aus dunkelblauem Samt, in ungewohnt lockerer Kleidung, schlichte dunkelgrüne Seidenhose mit blauem Schimmer und weitem weißen Hemd. Er liest ein Buch. Sobald er mich entdeckt und ansieht, legt er das Buch zur Seite und steht ruckartig auf. Sein Gesicht erbleicht, als er näher kommt und meinen Namen flüstert. Sein Blick wandert über meine blutverschmierte Kleidung, mein Gesicht, meine Hände. Er bemüht sich gar nicht erst um Fassung.

»Was ist passiert? Geht es dir gut? Ist das …«

»Nein«, ich schüttle den Kopf. »Das Blut gehört weder mir noch Malik.«

Faras' Reaktion ist gemischt, sein tiefes Ein- und Ausatmen zeigt mir, dass die Erleichterung überwiegt, weil es mir gut geht. Aber die Enttäuschung kann er nicht ganz unterdrücken.

»Setz dich bitte. Erzähl mir, was passiert ist.« Er merkt es wahrscheinlich nicht, aber es ist immer wieder erstaunlich zu beobachten, wie er mit seinen Aufgaben gewachsen ist. Wie er von einer Sekunde auf die andere umschalten und nicht mehr Faras, sondern König sein kann.

Ich ziehe mir den Stuhl seines Schreibtisches heran, er setzt sich wie zuvor in seinen Sessel. Sein Oberkörper ist ungeduldig und voller Erwartungen nach vorn gebeugt, seine Ellenbogen und Unterarme ruhen auf seinen Oberschenkeln, seine Stirn ist in Falten gelegt, aber er hetzt mich nicht. Der Stuhl ist hart, aber bequem. Vielleicht, weil ich einfach froh bin, zu sitzen, hier zu sein und nicht auf der Hut sein zu müssen. Ich bin müde.

»Ich war so ein Vollidiot«, meine Stimme erkenne ich kaum wieder. Es klingt, als würde jemand anders reden, weit entfernt. »Ich gab ein Versprechen, das ich vielleicht nicht halten kann.« Kurz lache ich auf, danach fahre ich mir durch die Haare, vor und zurück. Es ist das erste Mal, dass ich das zugebe und ausspreche. Es ist das erste Mal, dass ich überhaupt so denke. Dass ich zweifle. Selbst vorhin bei Kira konnte ich es nicht.

»Wieso denkst du das? Wieso jetzt?« Faras' Augenbrauen wandern ein kleines Stück nach oben.

»Ich habe Malik gesucht. Eigentlich habe ich versucht, etwas über ihn herauszufinden, zu schauen, ob ich etwas übersehen habe. Aber ich kam nicht weiter. Ich habe nichts gefunden. Kira und ich hatten keinen Plan, wir haben ihn auch heute nicht. Darum …« Ich schlucke schwer, senke den Blick. »Ich hielt es für eine gute Idee, etwas anderes zu tun, während wir uns unsicher waren, wie es mit Malik weitergehen soll und welchen Weg wir einschlagen würden. Ich wollte etwas für Lynn tun. Zumindest dachte ich das. Aber eigentlich wollte ich etwas für mich tun. Ich sagte es bereits, ich war ein Idiot.«

Faras seufzt und stöhnt verzweifelt. »Juri, ich schwöre dir, wenn du mir nicht sofort sagst, was passiert ist und von wem das Blut stammt, drehe ich durch.«

»Jim«, sage ich nur und hebe den Blick. Seine Augen verengen sich zu Schlitzen, ich sehe, wie er nachdenkt.

»So hat Lynn ihren Langstock genannt. Er war ein Geschenk. Sie hat ihn nach ihm benannt, nach ihrem Trainer und wahrscheinlich dem einzigen Freund, den sie kannte. Jim. Ich bin mit Kira zur Erde, um ihn zu finden, und ich wollte ihm den Stock geben. Zur Erinnerung. Ich wollte, dass er weiß, dass Lynn fort ist. Zuerst habe ich mir eingeredet, es wäre fair und richtig und … jetzt bin ich mir sicher, dass es all das nicht war. Jetzt würde ich sagen, ich wollte, dass jemand mit mir trauert. Dass jemand versteht … Ich meine …« Mir fehlen die Worte. Ich kann noch immer kaum glauben, was da passiert ist.

»Du warst also auf der Erde bei Jim?«

Ich nicke. »Auf einmal überkam mich dieses Gefühl und ich wusste, es ist jemand da. Wir wurden beobachtet. Kurz darauf stand ich mit drei Kriegern und Jim in seiner Halle und hatte keine Ahnung, wie ich uns beide da rausschaffen soll. Ein Krieger ist tot, zwei konnten fliehen. Malik hat sie geschickt, mehr weiß ich nicht.« Meine Kehle ist trocken. »Jim ist auch tot. Ich musste den Stock wieder mitnehmen.«

Als sich absolute Ruhe über uns senkt, ich Faras nicht einmal seufzen oder atmen höre, frage ich mich, was genau ich erwartet habe. Diese Frage kann ich mir nicht beantworten. Wahrscheinlich habe ich mir gewünscht, er würde mich anschreien oder wütend werden und mir damit bestätigen, dass es meine Schuld war. Alles.

»Du solltest dich ausruhen«, sind jedoch die Worte, die seinen Mund verlassen. »Dein Zimmer ist noch immer dein. Geh duschen. Schlaf. Ich lasse euch etwas zu essen bringen.«

Langsam sickert die Müdigkeit tiefer und tiefer, vertreibt das Adrenalin vollkommen und nicht einmal meine Schuldgefühle können mich länger wach halten. Faras hat recht. Das Erlebte steckt mir in den Knochen, ob ich will oder nicht – und damit meine ich nicht nur die von heute. Ich meine jeden verfluchten Tag, seit Lynn fort ist.

Meine Beine fühlen sich komisch an, als ich aufstehe, fast ein wenig taub. Ich verbeuge mich leicht, dann gehe ich zur Tür. Faras Stimme begleitet mich. »Du solltest besser nicht vergessen, dass du hier immer einen Platz haben wirst. Du kannst jederzeit ein und aus gehen, dich ausruhen – oder dir Hilfe holen.« Als ich den Knauf der Tür erreiche und meine Hand auf ihn lege, fährt er fort. »Du konntest es nicht wissen.«

Nein. Ich hätte es ahnen können.

Kapitel 16

Hoffnung ist nicht ewig andauerndes Leid.
Hoffnung ist Hoffnung. Ein warmes Gefühl, ein Anker.
Etwas, das dich den Tag durchstehen lässt.
Diesen und den nächsten.
Solange es nötig ist.

Juri

Als ich in meinem Zimmer ankomme, liegt Kira bereits auf dem Bett. Das hatte ich nicht erwartet, aber anscheinend hat der Heiler sie schnell behandeln können. Sie sieht so müde aus, wie ich mich fühle, kann die Augen kaum offen halten. Ich gehe zu ihr hinüber, lasse mich neben ihr nieder und suche nach Verletzungen, aber ich finde keine mehr. Allem Anschein nach hat der Heiler gute Arbeit geleistet. Zum Glück. Seit Lynns Tod machte sich das Gefühl in mir breit, ich hätte nichts mehr zu verlieren. Aber das stimmt nicht. Wäre Kira etwas passiert … Meine Gedanken fliegen zu Jim.

»Sie haben mich gebadet. Nur kurz, aber …« Kira verzieht das Gesicht, denn sie hasst Bäder. Am meisten den Schaum darin. Ihre Stimme ist ungewohnt schwach und zart.

»Schlaf ein wenig. Wir bleiben vorerst hier. In vier Tagen reisen wir zum Pluto.«

»Wir gehen also hin«, wispert sie, während ihre Augen dabei zufallen und ihr Kopf endgültig auf ihren Pfoten zum Liegen kommt.

»Ja. Wir gehen hin. Für Lynn.«

»Vielleicht hilft Gardo uns.«

»Ich glaube, niemand kann das, Kira. Ich weiß ja nicht mal, wie wir selbst uns helfen können.« Eine Welle der Frustration überrollt mich, ich fahre mir durch die Haare, schließe kurz die Augen. In letzter Zeit kann ich mich selbst nicht leiden, erkenne mich kaum wieder.

»Wir geben nicht auf.« Irgendwie presst sie die Worte noch hervor, dabei dachte ich, sie wäre schon eingeschlafen.

»Nein. Das habe ich nicht vor. Ich bin es nur nicht gewöhnt, dass …« Seufzend halte ich inne. Wie soll ich diesen Satz beenden, ohne dass er klingt, als wäre er von einem verwöhnten Sternenkind ausgesprochen worden?

»Du bist ungeduldig. Ich weiß. Manches braucht aber Zeit und Geduld.« Kira wusste, was ich sagen wollte. Ich bin es nicht gewohnt, dass Dinge, die ich mir vornehme, sich immer weiter hinauszögern, ohne dass ein Fortschritt erkennbar ist. Ich kämpfe und arbeite dafür und manchmal dauert es, aber ich habe immer das Gefühl, vorwärtszukommen. Das Problem hier liegt weniger an der Zeit als an dem Gefühl, dass nichts passiert. Schlimmer noch, dass nichts passieren wird. Zumindest nichts Gutes. Malik läuft davon und er spielt mit mir. Das sind zwei Dinge, mit denen ich nicht gerechnet habe. Malik war ein Kämpfer und hat alles gerne direkt erledigt. Ich habe mir keine Illusionen gemacht, dass das hier einfach werden würde, aber wenn ich ehrlich bin, dachte ich nicht, dass Malik sich wie ein Feigling vor mir verstecken würde, anstatt sich mir im Kampf zu stellen. Ich kann nicht sagen, was davon mich mehr ärgert. Ich denke, dass ich immer noch Erwartungen an ihn hege. An diesen Mistkerl. Aber da ist noch mehr. Die Angst, dass ich Kira nicht beschützen kann, wenn es darauf ankommt. Sie sieht so zerbrechlich aus wie lange nicht mehr. Besonders jetzt, da sie schläft.

Das Klopfen an der Tür reißt mich aus meinen Gedanken, lässt mich aufmerksam werden. Sie schwingt sofort auf, ein schmächtiger Junge mit rotblondem Haar und leicht schiefer Nase, freundlich blickenden grünen Augen und zu langen Beinen, wahrscheinlich aus der Küche, tritt ein und schaut sich schüchtern um. Er trägt ein Tablett.

»König Faras schickt mich mit Essen für Euch.«

»Danke. Stell es bitte dort auf den Tisch.« Meine Hand deutet auf den kleinen Tisch unter all den Notizen an der Wand zu Malik, an denen sein Blick kurz hängen bleibt. Seine Wangen färben sich rot, als er erkennt, dass ich ihn beobachte.

Schnell huscht er aus dem Zimmer, ohne ein weiteres Wort, und schließt die Tür hinter sich.

»Möchtest du etwas?«, frage ich Kira, weil ich vergessen habe, dass sie längst eingeschlafen ist und mich nicht mehr hören kann. Ihr regelmäßiges Atmen beruhigt mich, lässt mich endlich zur Ruhe kommen und so gerne ich etwas essen möchte, so sehr bereitet mir der Gedanke daran Übelkeit. Deshalb stehe ich nicht auf, sondern lasse mich nach hinten gleiten, lege mich ganz aufs Bett und schaffe es gerade noch, meine Stiefel abzustreifen, bevor auch mich der Schlaf übermannt.

Mir war klar, dass es schlimm werden würde, aber es wurde deutlich schlimmer, als ich befürchtet habe. Tagelang gab es nichts zu tun, wir warteten nur darauf, zum Pluto reisen zu können, und überlegten fieberhaft, wie es mit Malik weitergehen sollte. Wir haben über ihn geredet, diskutiert, was wir tun könnten, ob wir weitersuchen oder eher abwarten sollten, und wie immer waren wir nicht in allen Punkten einer Meinung. Da wir aber zu sehr im Dunkeln tappen, waren wir uns einig, uns erst nach der Hochzeit erneut diesem Thema zu widmen.

Zu meinem Glück dauerte es nicht ganz vier Tage, bis wir diesem Trott und dieser Warterei entfliehen konnten.

Die Nachtphase ist vorbei, die Sonne strahlt aus voller Kraft und dringt durch die Fenster. Es ist früh am Morgen. Heute ist der Tag von Prinz Gardos Hochzeit. Diese Veranstaltung wird mich auf andere Art fordern und auslaugen als die Suche nach Malik, nach einem Plan oder diese Warterei und meine Rache. Dieser Tag wird wie ein Blick in die Vergangenheit werden und obwohl ich es weiß, gehe ich hin. Gehen wir. Weil es diese Momente gibt, in denen man Dinge tun muss. Weil sie richtig sind, auch wenn man nicht erklären kann, warum.

Obwohl ich die letzten Tage relativ gut geschlafen habe und nicht jede Nacht ein Albtraum auf mich gewartet hat, fühle ich mich wie gelähmt und starre wie so oft auf die Wand mit all ihren Notizen und Gedanken zu Malik, mit all ihren Stichpunkten, die so unsagbar nutzlos sind.

»Komm«, sagt Kira, die schon auf halbem Weg zur Zimmertür ist. »Schnapp dir endlich die Tasche und lass uns gehen. Ich werde nicht zulassen, dass du das weitermachst.«

Widerwillig greife ich zur Tasche, in der mein Anzug für die Hochzeit und passende Schuhe stecken, und gehe damit auf Kira zu. Das Gewicht meiner Schwerter auf dem Rücken fühlt sich beruhigend an.

»Dass ich womit weitermache?«

»In Selbstmitleid zu suhlen!« Sie schnaubt. »Wenn Lynn uns so sieht. Wenn sie dich so sieht! Wir machen ihr Kummer und das hat nun ein Ende. Wir haben ein Ziel – früher oder später werden wir es erreichen. So und nicht anders werden wir das ab jetzt sehen.« Sie blickt mich an, fixiert mich, bevor sie einfach aus dem Zimmer marschiert, mit erhobenem Haupt. Sie hätte ohnehin keinen Widerspruch geduldet und ich komme nicht umhin, ihr stillschweigend zuzustimmen.

Als ich sie einhole und wir nebeneinander unseren Weg zu Faras fortsetzen, muss ich lächeln. Sie hat ihre Zweifel begraben oder zumindest zur Seite geschoben und mich angetrieben. Ich schüttle den Kopf und lächle noch breiter.

»Oh Kira, du bist schuld, dass ich ein Weichei geworden bin. Du hast nicht gut genug aufgepasst.«

Sie schnaubt. »Wir beide sind weich geworden und wir beide haben nicht aufgepasst.« Dann grinst sie mich von der Seite an. »Das war es wert.«

Wir setzen unseren Weg fort, lassen bekannte Flure und Gänge hinter uns, bis wir einige Augenblicke später beim Eingang zu den Andockstellen ankommen. Hierher haben nur wenige Personen Zugang, wenn nicht gerade ein Fest oder eine internationale Konferenz ansteht, dann werden mehrere

Personen diesem Ort zugewiesen. Die große Halle befindet sich hinterm Palast, über einzelnen Räumen und Lagerstellen. Gleiter können hier anlegen und landen. Was aber weitaus wichtiger ist, sind die Teleportationsverstärker. Einzelne Punkte, die mit Energie gespeist werden und die Teleportation über lange Strecken vereinfacht und schneller werden lässt. Viele Gäste, die von außerhalb Menuas kommen, nutzen diese Art der Reisemöglichkeit, daher bietet jeder Planet dieses Sonnensystems, egal ob groß oder klein, diese Transportationshilfe. Manche haben mehr, andere weniger, je nach Energiebedarf und Energieherstellung.

Die Gäste werden von hier aus per Kutsche, einer alten Tradition Menuas, oder Ähnlichem um den Palast herum zum Haupteingang gebracht, damit sie dort in Empfang genommen und gebührend begrüßt werden können. Es führt nur eine Tür von dieser Halle direkt in den Palast, zur Sicherheit, und nur der König selbst, ausgewähltes Personal und die Hauptmänner haben Zutritt.

Sternenkinder mit der Gabe der Teleportation arbeiten oft in diesen Positionen und verdienen ihr Geld damit, andere an einen bestimmten Ort und auf bestimmte Planeten zu befördern. Schnell, einfach, effizient.

Je nach Begabung, Alter, Übung brauchen wir diese Verstärker nicht, dennoch sind sie nützlich, denn sie sorgen dafür, dass wir nicht müde werden. So ist eine Reise zur Erde für mich recht einfach, hinterlässt kaum Spuren und nur wenige Augenblicke gewisse Müdigkeitserscheinungen. Eine Teleportation zum Pluto ohne diese Mittel würde mich danach für mindestens einen Tag ausknocken. Meine Reserven wären erschöpft, mein Körper würde in eine Art Heilkoma fallen, aufgrund der großen Entfernung. Da die Hochzeit bereits in wenigen Stunden stattfindet, ziehe ich es vor, wach und bei Kräften zu bleiben. Insbesondere, was unsere momentane Lage angeht.

Faras steht mit Harú vor der gesicherten Tür und wartet auf uns. Harú begrüßt Kira und mich mit einem knappen Nicken, bevor er mit einem Spezialschlüssel und einem Code die Tür entriegelt.

»Ich würde dich gerne begleiten«, sagt Faras unvermittelt, während wir einen kleinen, schmalen Korridor zu einer zweiten Tür entlanggehen. »Aber es stehen weitere Konferenzen an. Maliks Eifer und seine neueste Tat sind wohl an die Öffentlichkeit gelangt. Nun ist Menua gespaltener denn je. Sie verlangen bessere Sicherheitsvorkehrungen, härtere Kontrollen, manche gar eine Ausgangssperre und ein Einreiseverbot.« Er schüttelt den Kopf. »Es gibt einiges zu tun, deshalb kann ich Prinz Gardos Einladung, so sehr es mir missfällt, leider nicht nachkommen. Bitte richte ihm meine besten Wünsche und Grüße aus. Natürlich werde ich ihm etwas zukommen lassen. Von uns beiden.« Letzteres fügt er schnell hinzu, nachdem er meinen Gesichtsausdruck gesehen hat. Er hat ihn richtig gedeutet, ich habe das Geschenk vergessen.

»Und wenn ich das aktuelle Problem – hoffentlich – in den Griff bekommen habe, werde ich meine Leute auf Malik ansetzen müssen.« Der König blickt mir in die Augen, weicht nicht aus und sagt mir damit mehr, als er offen aussprechen kann. Wenn er Malik findet, muss er vor Gericht und ich werde meine Rache nicht bekommen.

Das ist keine Option. Ich muss schneller sein.

Harú öffnet die zweite Tür, die direkt in die Halle, zu den Andockstellen und den einzelnen Teleportationsfeldern führt. Gerade ist es ruhig, es gibt nichts zu tun, es sind nur wenige Wachposten da, die Systeme sind runtergefahren. Sie werden nur bei Bedarf und Ankündigung eingeschaltet.

Harú hält die Tür auf, lässt Faras vorgehen. Als Kira und ich an ihm vorbeigehen, packt er meinen Arm, hält mich zurück. Seine Miene zeigt keine Reaktion, ist regungslos, seine Stimme ist das Einzige, das zeigt, was in ihm vorgeht. Eine Mischung aus Stolz und Reue.

»Ich wollte mich entschuldigen. Für das, was neulich passiert ist. Ich hätte nicht so mit dir reden dürfen. Meine Wut sollte keine Entschuldigung dafür sein, mein Unverständnis erst recht nicht.« Einen Moment bleibt es still, denn so gerne ich etwas erwidern möchte … ich kann nicht. Ich nicke nur. Klopfe ihm kurz auf die Schulter.

»Es tut mir leid«, sagt er nachdrücklich und ich bin mir im Klaren darüber, dass er damit mehr meint als seinen Ausbruch und den Streit.

»Mir auch«, entgegne ich und trete mit ihm und Kira hinter Faras in die Halle.

Sofort werde ich von dem hellen, unnatürlichen Licht dieses Raumes geblendet. Im Gegensatz zum Rest des Palastes, zu anderen Orten und Räumen Menuas, wird in diesem hier künstliches Licht verwendet. Außerhalb, auf der Rückseite des Palastes, stehen spezielle Solaranlagen, Kollektoren, die das Licht und die Energie der Sonne sammeln und hierhin leiten. Dabei werden positive und negative elektrische Ladungsträger getrennt. Dies führt zu einer elektrischen Spannung, die mithilfe eines externen Stromkreises elektrischen Strom fließen lässt und somit nichts weiter ist als umgewandelte Sonnenenergie. Diese Energie speist im Übrigen auch die Anlagen, die es ermöglichen, sich hier frei zu bewegen und Sauerstoff atmen zu können. Die unsere Atmosphäre reinigen.

Die Halle ist klar und praktisch, wirkt beinahe steril. Es gibt keine verwinkelten Plätze, nichts, wo man sich verstecken könnte, ohne bemerkt zu werden. Alles ist in Weiß oder in hellem Blau beziehungsweise Grau gehalten. Die einzigen Ausnahmen sind die Linien, die die Teleportationsplätze markieren. Sie stechen in einem markanten dunklen Rot hervor und sind nicht zu verfehlen. Sie sind unser Ziel.

Unsere Füße tragen uns die schmalen Treppen hinunter, geformt aus Mondstein und importierten anderen Materialien, die halb in die Wand eingelassen und je nach Winkel und Sonneneinfall kaum zu erkennen sind. Genau wie die Tür, durch die wir eingetreten sind.

Unten, am Fuße der Treppe angekommen, halte ich inne, beuge mich zu Kira hinunter und aus einem Impuls heraus nehme ich sie kurz in den Arm.

»Wir sehen uns dort«, sage ich kurz angebunden und schon weiß sie Bescheid und verschwindet in einem Meer aus Licht in dem Sternbild meines Armes. Als ich mich erhebe und meinen Weg fortsetze, geht Haru bereits zum Schalter, der die Verstärker in Gang setzt. Er muss dortbleiben und kann ihn erst betätigen, wenn ich mich innerhalb des roten Bereiches befinde, ansonsten würde die hohe Energie mich kaum durchlassen und mit Sicherheit verletzen. Faras begleitet mich, ist an meiner Seite. Angekommen bei einem der roten Teleportationskreise, dreht er sich unauffällig zu Harú um, schaut, was er tut, bevor er sich mir zuwendet.

»Sei vorsichtig. Malik kam in den Palast, unbemerkt, er ließ dich verfolgen, bis zur Erde. Er ist wie ein Geschwür, wie ein Parasit, den man nicht loszuwerden vermag. Sei auf der Hut. Ich weiß nicht so viel über ihn wie du, aber mein Gefühl sagt mir, dass er nicht der Typ ist, der aufgibt.«

»Zum Glück bin ich das auch nicht«, entgegne ich und lege meine Hand auf seine Schulter.

»Ich werde aufpassen. Aber er soll nur kommen. Nichts wäre mir lieber, als wenn er mir in die Arme läuft. Dann können wir diesen Irrsinn beenden.«

»Viel Glück. Wir sehen uns nach der Hochzeit.«

Ich trete in den roten Kreis, rücke die Tasche mit meinen Sachen auf meiner Schulter zurecht und nicke Harú zu, zum Zeichen, dass es losgehen kann.

Ich fühle, wie sich die Energie aufbaut, spüre sie um mich herum, sie kitzelt auf meiner Haut, elektrisiert mich und weckt die Kraft in mir, lässt sie summen. Eine Art Kraftfeld bildet sich zuerst um mich herum, dann verschluckt es mich. Ich schließe die Augen, konzentriere mich auf mein Ziel und lasse mich von der Kraft des Teleportationsfeldes durchfluten. Pluto, ich komme.

Kapitel 17

Das Leben gleicht einem Strudel – es kann dich mitreißen, wenn du nicht aufpasst. Es liegt an dir, was du daraus machst.

Malik

Eine Hütte, abgelegen, versteckt, in den hintersten Winkeln dieses Planeten. Fernab von neugierigen Blicken und aufmerksamen Geistern. Besser hätte selbst ich nicht den Treffpunkt auswählen können. Ein Grinsen breitet sich auf meinem Gesicht aus, obwohl ich durchaus bedauere, hier sein und diesen Schritt gehen zu müssen. Aber Juri lässt mir keine Wahl und ich habe keine Lust mehr, ihn von meinen Absichten überzeugen zu wollen. Was geschehen ist, ist geschehen.

Ich blicke mich weiter um. Dieser Planet ist in vielerlei Hinsicht bemerkenswert, seine Eigenschaften benötigen im Gegensatz zu Menua bessere und intensivere Mechanismen, um ein Leben hier in irgendeiner Form möglich zu machen. Druckausgleich, eine Temperaturregulierung – trotzdem ist es heiß, drückend und kaum auszuhalten. Hinzu kommt der Import von Pflanzen und die Erstellung künstlicher Flüsse. Wasser wurde ebenfalls von außen beschafft. Es war unendlich viel Arbeit, ist es wahrscheinlich noch. So viel, dass ich darüber den Kopf schütteln muss. So viele Ressourcen wurden verschwendet und verlagert, um hier leben zu können. Das macht es wohl so faszinierend. Nebenbei wollen sie, wie wir alle, unbemerkt bleiben. Die Erde war zu lange nachtragend, mit der Zeit sind die anderen Planeten es auch geworden. Den Kostenfaktor male ich mir nicht aus, es ist schließlich nicht mein Geld.

»Wartet hier. Haltet Wache«, weise ich Toah und Ráz an, bevor ich die vier Stufen der Hütte hinaufgehe und an die Tür klopfe. Ein bulliger Typ in Uniform öffnet sie, verzieht keine Miene. Ein netter Versuch, mich vorab einzuschüchtern, doch da vergisst wohl jemand, dass ich die Einladung aussprach.

Nicht er. Solange es mich weder Zeit noch Nerven kostet, soll es mir egal sein.

»Ah, Malik«, werde ich begrüßt, offenbar freundlich und gefasst, nahezu überschwänglich, aber ich erkenne einen Funken Angst und jede Menge Zweifel in den Augen meines Gegenübers, sehe die unzähligen Fragen. Er traut mir nicht, aber wahrscheinlich trieb ihn die Neugierde an. Die und der andere wichtige Grund, auf den ich setzte und bei dem ich recht behielt.

Ich deute eine Verbeugung an. Kleinen Seelen muss man schmeicheln.

»Setzt Euch. Und sagt mir, warum ich hier bin. Warum ich in diese Einöde kommen musste.«

»Ihr habt diesen Treffpunkt vorgeschlagen.«

»Natürlich! Ihr wolltet vertraulich mit mir reden und dieser Ort ist perfekt. Er gehört meinem Vater, er kommt gerne hierher. Auch wenn ich das nicht verstehe.« Er rümpft die Nase, sein Blick wandert umher. Die Hütte ist ihm zuwider, er kann es nicht herunterspielen. Vollgepackt mit haufenweise Kram, der wahrscheinlich irgendeinen sentimentalen Wert hat.

»Dann danke ich Euch nicht nur für Eure Zeit, sondern auch dafür, dass Ihr dieses Opfer auf Euch nehmt.«

»Jaja, schon gut. Also. Was wollt Ihr? Ihr seid überall in Ungnade gefallen, Ihr seid ein Verräter und Mörder.«

»Und dennoch sitzt Ihr hier bei mir«, sage ich grinsend. Oh, und dieses Grinsen vergrößert sich, als sich die Miene meines Gegenübers missmutig verzieht.

»Ihr habt mich mit etwas geködert.«

»Das stimmt. Ich brauche Eure Hilfe, etwas finanzielle Unterstützung und natürlich einen Rückzugsort. Dieser hier wäre perfekt.« Meine Hand unterstützt meine Aussage, umfasst den Raum, in dem wir sitzen. Zufrieden lehne ich mich zurück. »Natürlich bekommt Ihr etwas im Gegenzug.«

»Wieso sollte ich Euch helfen? Ihr sagtet mir, es gäbe diese eine Sache, die ich mir wünsche und die Ihr mir angeblich geben könnt. Welche Sache sollte das sein? Was könntet *Ihr* mir geben, was ich nicht längst besitze, und wieso sollte ich mich für einen Aussätzigen interessieren?«

Es gelingt mir nicht, mein Lachen zu unterdrücken. »Euch fällt da wirklich nichts ein? Nicht eine einzige Sache?«

»Die Neugier brachte mich her, sonst nichts. Ich habe alles! Ich bin nicht Ihr! Also, was bietet Ihr mir?«

»Rache.«

Kapitel 18

Überraschungen sind nicht zwangsläufig etwas Gutes.
Manche von ihnen überrumpeln dich nicht nur, sie werfen dich auch noch aus der Bahn und lassen dich gebrochen zurück.
Manche von ihnen sind so furchtbar, dass wir alles tun würden, um sie vorausahnen zu können. Um vorbereitet zu sein.
Aber dann wären sie keine Überraschungen mehr …

Juri

Pluto. Meine Reisen haben mich erst ein einziges Mal hierher geführt und das ist schon eine Ewigkeit her.

Ein sehr kleiner Planet voller Leben. Er gleicht wohl am ehesten der Erde, obwohl sie kaum weiter voneinander entfernt sein könnten. Man schätzt die Natur und hat einiges dafür getan, sie nachempfunden und sie danach erhalten.

Nur dass die Erde natürliche Ressourcen besitzt und der Pluto eher weniger.

Zu meinem Glück lande ich durch die Teleportationsverstärker Menuas direkt auf denen des Palastes des Pluto. Die Halle ist kleiner und kompakter, aber ähnlich aufgebaut. Es gibt allerdings zwei statt zehn Teleporter wie in Menua. Die Verstärker arbeiten nach dem gleichen Prinzip, nur dass hier kaum Solarenergie bezogen werden kann. Man hat ein spezielles System entwickelt, das es zulässt, diese Energie direkt auf dem Planeten zu erzeugen. Wenn ich ehrlich bin, habe ich es bis heute nicht ganz verstanden und bin es leid, wenn man versucht, es mir zu erklären.

Als ich mich inmitten der bekannten roten Linien materialisiere, stehen bereits Wachen vor Ort und warten auf mich. Ich trete einen Schritt vor, aus der Teleportationszone heraus, nehme die Tasche und hänge sie zum Ausgleich über meine andere Schulter. Die Wachen zucken kaum wahrnehmbar zusammen, als Kira aus meinem Sternenbild herausbricht, vor ihnen landet und sich ausgiebig streckt. Ich tue es ihr gleich, strecke einen Arm und massiere einen Moment meinen Nacken, bevor ich mich aufrecht hinstelle.

»Juri?«, fragt einer der Wachen und tritt vor. Dabei schafft er es nicht, Kira aus den Augen zu lassen.

»Bitte folgt mir. Mir wurde aufgetragen, Euch Eure Gemächer zu zeigen.«

»Wer gab den Befehl?«, frage ich interessiert, während ich einen Schritt nach vorne gehe.

»Prinz Gardo. Bereits vor einigen Tagen. Er informierte mich auch darüber, dass es möglich wäre, dass Ihr nicht erscheint, wir uns aber darauf vorbereiten sollen. Kurz vor Eurer Ankunft ging allerdings die Meldung von Menua ein, dass Ihr die Teleporter benutzen werdet. Ich war in der Nähe.« Er deutet mir, ihm zu folgen. Kira und ich schreiten durch die Halle und gehen mit ihm durch einen Tunnel, der direkt in das Foyer des Palastes führt. Ein Nebeneingang, aber ein Eingang. Anders als auf Menua, schießt es mir augenblicklich durch den Kopf. Das Foyer des Palastes ist kleiner, man kann vom Haupteingang direkt auf die großen gegenüberliegenden Türen des Ballsaales zugehen. Links und rechts führt ein schmaler Flur ab, der je einen Bogen macht und sich von außen um den Ballsaal schlängelt. Eines der Dinge, die ich noch weiß.

Hier ist so viel Personal bei der Arbeit, dass mir beinahe schwindelig wird. Sie sind am dekorieren, reinigen und vorbereiten. Das Foyer glänzt, der Saal wird wahrscheinlich perfekt hergerichtet. Ein großer, breiter grüner Teppich führt vom Eingang hinein in den Festsaal, markiert den Weg, den die Braut entlangschreiten wird. Grün ist die Hauptfarbe des Pluto und des Königshauses. Man geht hier davon aus, dass Grün die reinste aller Farben ist und der Wahrheit am nächsten kommt. Weil sie für Hoffnung steht. Und Hoffnung an sich etwas Gutes ist.

Mehr ist nicht ersichtlich, da wir nach links abbiegen. Vom Foyer aus nicht erkennbar, mündet der Flur weiter hinten in einen anderen und in eine Treppe, die ins Obergeschoss führt, daran erinnere ich mich. Ab da lassen mich meine Kenntnisse des Palastes im Stich.

Die Türen hier sind in einem sehr hellen Grün gehalten. An einer von ihnen halten wir und man gibt uns zu erkennen, dass wir am Ziel sind. Man öffnet uns die Tür und wir treten ein in ein geräumiges Zimmer.

»Seid Ihr sicher, dass wir hier richtig sind?« Ich kann mir die Frage nicht verkneifen, da dieser Raum nicht nur groß und gemütlich ist, sondern auch kostbare Vasen und viele alte Bücher in sich birgt. Ein Schreibtisch aus Holz, das so selten und kostspielig ist.

»Aber natürlich. Auf dem Tisch findet Ihr eine Nachricht, die Ihr umgehend lesen solltet. Hier neben dem Eingang findet Ihr einen kleinen Knopf, betätigt ihn, wenn Ihr etwas benötigt. Einen angenehmen Aufenthalt.«

Er deutet eine Verbeugung an, geht hinaus. Die Tür schließt sich. Wir sind unter uns.

»Wow«, haucht Kira. »Es ist wirklich hübsch hier. Und das Bett ist riesig. Endlich habe ich mal Platz neben dir.« Ich schnaube, weil sie diejenige ist, die nachts halb auf mir liegt oder mich an die Seite drängt. Meine Füße tragen mich zum Tisch, ich verharre direkt vor ihm. Der Kontrast des dunklen Holzes zu dem hellen Umschlag ist groß, nichts anderes liegt hier, ich könnte ihn nicht übersehen oder ignorieren, selbst wenn ich es wollte.

Ich greife nach dem Brief und das beinahe samtene Papier des Umschlags gleitet durch meine Finger. Mit einem Ratschen öffnet er sich. Ich ziehe den Brief hinaus, falte das Papier auseinander, auf der eine geschwungene, elegante und ausladende Handschrift zu erkennen ist. Damit Kira weiß, was dort geschrieben steht, lese ich die Worte laut vor. Sie hat sich neben mich gestellt und ihr linkes Ohr zuckt ein paar Mal, weil sie so gespannt ist und aufmerksam.

Juri,

heute gab ich dir die Einladung zu meiner Hochzeit mit Sahir. Kira sagte, ihr würdet versuchen, es einzurichten, aber ich sah den Schmerz in deinen Augen. Weil ich etwas haben kann, das dir verwehrt bleibt. Ich denke jeden Tag an Lynn und das, was ihr durchleiden musstet.

Ich schreibe diese Zeilen in der Hoffnung, dass du sie in wenigen Tagen lesen wirst, weil du, entgegen aller Erwartungen, deine Reise zum Pluto, in meine Heimat angetreten hast.

Öffne die rechte Schublade des Tisches. Dort findest du ein kleines Geschenk. Bitte trage es zur Hochzeit, ich werde es ebenso tun, als Andenken an Lynn – und ich hoffe zutiefst, dass dich diese Geste nicht noch mehr verletzt. Glaube mir, das wäre nicht in meinem Sinne.

Des Weiteren wird dich jemand eine Stunde vor der Trauung abholen und zu mir geleiten.

Hochachtungsvoll

Gardo

Meine Hände zittern zu oft in letzter Zeit. Mein Körper ist zu oft aus dem Takt. So wie jetzt.

Der Brief landet auf dem Schreibtisch, meine Tasche auf dem Boden. Bis eben hing sie über meiner Schulter. Kira bleibt stumm. Auch als ich mich vorbeuge und meine Hand die Schublade berührt, von der Gardo schrieb. Ich zögere, bevor ich zugreife und sie aufziehe. Sie bewegt sich nur in einzelnen kleinen Rucken vorwärts, schwerer als vermutet. Sie hakt, wird wahrscheinlich nicht oft bewegt und das Holz ist kräftig und dick.

Der Inhalt der Schublade liegt im Schatten, ist dennoch unverkennbar. Ein Einstecktuch – und es ist nicht grün, sondern rot. Das gleiche dunkle und wundervolle Rot von Lynns Kleid an diesem einen Abend. Das gleiche, das der Boden annahm, nachdem sie erstochen wurde. Rot wie das Kleid, rot wie das Blut.

Mein Atem beginnt zu rasen, schließt sich dem Zittern meines Körpers an und ich klammere mich an dem Tisch fest, als hinge mein Leben davon ab. Ich spüre die Anspannung im Nacken. Das Tuch verschwimmt vor meinen Augen, mischt sich mit Bildern und Erinnerungen, sodass sich erste Schweißperlen auf meiner Stirn bilden. Meine Muskeln in den Armen beginnen zu verkrampfen, sie sind zu angespannt. Ich kann den Blick nicht abwenden …

»Juri!«, Kiras feste Stimme durchdringt den Nebel, mit ihrer Schnauze stupst sie mich an, ihr Körper drängt mich sanft, zur Seite zu gehen. Meine Lungen saugen gierig Sauerstoff ein, während ich um Beherrschung bemüht bin und meine Zähne so fest aufeinanderpresse, dass ich drohe, Kopfschmerzen zu bekommen. Mein Kiefer schmerzt. Alles schmerzt.

»Schon gut«, zwinge ich mich zu sagen, bevor ich nach dem Tuch greife und es herausnehme, um es auf den Tisch neben den Brief zu legen. Kira schließt die Schublade so weit wie möglich mit ihrer Schnauze und drängt mich endgültig fort, zum Bett.

»Du solltest dich hinlegen, wenn auch nur ein wenig. Wir haben noch Zeit. Ich wecke dich rechtzeitig.« Bevor ich widersprechen kann, fletscht sie die Zähne. »Das war kein Vorschlag. Schlaf! Ruh dich von mir aus nur aus, es ist mir gleich. Aber du bist gestresst, nicht ausgeglichen und brauchst mehr Ruhe, als du dir vermutlich eingestehen willst.«

Kira drängt mich bis zur Bettkante. Dort knicken meine Beine ein. Ich mustere sie und denke über ihre Worte nach.

»Nur ein paar Minuten Ruhe«, gebe ich zu, lege mich auf die Seite und werde kurz darauf vom Schlaf übermannt.

Wenige Stunden später hat Kira mich geweckt, ich habe kalt geduscht, mich zurechtgemacht und in den dunklen Anzug gezwängt. Meine Krawatte sitzt sogar einigermaßen gerade, obwohl ich es hasse, sie zu binden und es auch nicht sonderlich gut kann. Meinen Bart habe ich endlich um ein paar Zentimeter gestutzt. Er fühlt sich ungewohnt an, so kurz und stoppelig. Er war immer so, aber eben nicht die letzten Wochen.

Wir wurden abgeholt und gehen nun durch einen Gang auf ein weiteres unbekanntes Zimmer zu, nicht wissend, was genau auf uns zukommt. Das rote Einstecktuch ist dort, wo es hingehört, und ich werde das Gefühl nicht los, dass es sich durch das Jackett und das Hemd brennt, bis hinein in meine Brust.

»Er erwartet Euch.« Mit diesen Worten und einer leichten Verbeugung lässt man uns vor einer großen Doppeltür stehen. Zuvor hat man geklopft. Ich nehme an, Gardo wird gleich aufmachen – und so ist es auch. Er sieht nervös aus, blass und rot zugleich, seine Haut weist vereinzelt Flecken auf. Als er Kira und mich sieht, stößt er ruckartig den Atem aus, geht den Schritt auf uns zu und nimmt mich völlig unerwartet in den Arm, wobei er sich strecken muss, denn er ist kleiner, als ich es bin. Mit seiner Hand klopft er mir zweimal kurz und kräftig auf den Rücken, bevor er loslässt und zurückweicht. Danach streicht er Kira über den Kopf und bittet uns hinein. Schließt die Tür hinter uns. Seine Räumlichkeiten sind ein Palast im Gegensatz zu dem Zimmer, das Faras noch immer bevorzugt. Sein altes Zimmer.

»Ihr beide seid wirklich hier«, sagt Gardo mit kräftiger Stimme, die trotzdem leicht zittert. »Man sagte mir, dass ihr angekommen seid, aber euch jetzt vor mir zu sehen … Ich konnte es vorher nicht glauben. Nicht nach dem, was war. Natürlich habe ich es gehofft.« Er zuckt mit den Schultern, hebt die Hand, steht davor, sich damit durch die Haare zu fahren, nur um im letzten Moment innezuhalten und zu merken, dass er das besser nicht tun sollte, wenn er sie nicht kurz darauf wieder bändigen möchte. Sein Anzug ist nicht grün, nicht, wie man es erwarten würde. Nein, er ist weiß und das rote Einstecktuch sticht so stark hervor, dass ich es nicht schaffe wegzusehen. Ich starre es an, als könne es mir auf all meine Fragen Antworten gewähren, als könne es mein Leid lindern und das Geschehene rückgängig machen.

Gardos Blick senkt sich auf sein Tuch, wandert anschließend wieder zu mir und dem meinen, ich spüre ihn auf mir, aber ich sehe nur das Rot und das, wofür es steht …

»Wie ich sehe, hast du deines in der Schublade gefunden. Danke, dass du es heute mit mir trägst.«

Wahrscheinlich empfindet er es als unhöflich, dass ich ihm nicht antworte, aber jedes Wort, das ich ihm hätte entgegnen können, wäre es mit Sicherheit gewesen. Dutzende Flüche und Schimpfwörter schwirren durch meinen Kopf und die Wut wird stärker. Dabei hat es nichts mit ihm zu tun. Ich mag ihn, auf gewisse Art und Weise. Zumindest weiß ich, dass ich ihn nicht unsympathisch finde und das ist schon einiges wert. Aus diesem Grund bin ich froh, dass ich gerade meinen Mund halten kann und Kira, wie immer, umsichtig ist.

»Entschuldige! Wir sind erschöpft, es waren harte Zeiten. Aber natürlich sind wir froh, hier zu sein, und Juri dankt dir für …« Kira zögert kurz, wahrscheinlich überlegt sie, wie sie es taktvoll formulieren kann. »Für diese nette Geste und den Gedanken dahinter.«

Gardo nickt höflich, aber seine zusammengekniffenen Lippen zeigen überdeutlich, dass er nicht nur gerne etwas dazu sagen möchte, sondern auch die ungesagten Worte hinter denen von Kira verstanden hat. Deshalb kommt er auf ein anderes Thema zu sprechen.

»Die Hochzeit beginnt in wenigen Minuten und wir sollten losgehen. Jedoch würde ich dich gerne etwas fragen, was ich wohl besser vorher hätte tun sollen, aber es war ungewiss, ob du kommst, daher …« Er holt tief Luft, beruhigt sich. Er ist gestresst und nervös.

»Es wäre mir eine Ehre, wenn du mein Trauzeuge wärst.« Seine Stimme verliert sich und mein Gesicht muss mindestens so viel meiner Überraschung zeigen, wie das seine Hoffnung zeigt. Hoffnung. Ich beneide ihn um dieses Gefühl.

Seine Geduld sucht seinesgleichen, ich bin mir sicher, denn ich stehe nur da, außerstande, etwas zu sagen. Viel zu lange.

Sekunde um Sekunde verrinnt, werden zu Minuten und ich verliere mich darin, bis ich Kiras Schnauze an meiner Hand spüre und mich lautstark räuspern muss.

»Ich denke, ich meine …« Meine Lunge saugt gierig Luft ein und ich versuche erneut, zu antworten. »Es wäre auch mir eine Ehre«, entgegne ich mit unerwartet fester Stimme, trotz des Kloßes in meinem Hals. Ein Lächeln schleicht sich auf mein Gesicht, als Gardo kräftig den Atem hinauslässt, den er allem Anschein nach zuvor angehalten hat, und nun nach Luft ringt. Er klopft mir auf die Schulter und sagt immerzu: »Toll, gut, das ist toll«, bis er selbst lachen muss und ich nicht anders kann als einzustimmen.

Es tut gut. Es tut so unendlich gut.

Kapitel 19

Verlust kommt nie allein. Auf einen folgt ein anderer.
Sie sind wie Dominosteine, fällt einer,
fallen mehr und am Ende ist keiner übrig.

Juri

Es ist verrückt, aber ich bin nicht nervös. Gardo ist es dafür umso mehr, denn die roten Flecken auf seinen Wangen sind intensiver geworden.

Wir stehen nebeneinander, vor einem großen Bogen, an dem unzählige Blumen und Gestecke kunstvoll angebracht sind und in den schönsten Farben leuchten und einen frischen, zugleich kräftigen Duft verströmen. Sie schaffen es, jegliche Negativität zu verdrängen. Der Raum ist schlicht in Weiß gehalten, aber ein großer grüner Teppich sticht hervor, führt vom Eingang des Saales unter uns entlang bis hinter den Bogen und zeichnet den Weg, den Gardos Verlobte Sahir gehen wird. Ich sah ihn bereits bei unserer Ankunft, von Nahem ist er deutlich eindrucksvoller.

Die Gäste sitzen gesittet und ruhig da, Reihe um Reihe, in grünen und teilweise sogar gelben Kleidern, Pastelltöne überwiegen, und in vielen Gesichtern erkenne ich Vorfreude und ein echtes Lächeln. Selbst in denen des Königspaares, das zuvor so vehement gegen diese Hochzeit war. Einer Hochzeit aus Liebe, die sich über alles andere hinwegsetzte. Ich gestehe es mir seit langer Zeit zu, richtig und voller Inbrunst zu grinsen. Es zu genießen. Denn das hier hätte Lynn gefallen.

Ein tiefer Atemzug. Ein zweiter. Ein dritter …

Eine Glocke ertönt, sie wird am Rande des Saales von einem Mann geschlagen, daneben steht ein Klavier. Vier helle, aber warme Töne hallen von den Wänden wider, während das Gemurmel und Getuschel verstummt, Gardos Schultern sich straffen und Kira es dem Rest der Hochzeitsgesellschaft gleichtut und ihren Kopf Richtung Eingang dreht. Ein weiterer Glockenklang und jeder im Saal erhebt sich – für die Braut.

Eine leichte Melodie erklingt, nun vom Piano, zart und leise wie ein lauer Sommerwind. Für mich ist sie traurig und froh zugleich, ein Zusammenspiel aus guten und schlechten Momenten.

Sahir betritt mit ihrem Vater und ihrer Mutter den Teppich der Hoffnung, sattgrün und so passend zu ihrem Schmuck. Grüne Natursteine dienen ihr als Ohrringe und wurden in ihr weißes Kleid eingearbeitet, das sich an sie schmiegt wie eine zweite Haut, nur um unterhalb der Hüfte wie ein Fächer auseinanderzugehen und nach hinten weg zu fließen. Sie sieht zart darin aus, zerbrechlich.

Sie sieht glücklich aus.

Ich schlucke hart, schließe für einen Moment die Augen. Mein Kiefer tut weh, ich beiße zu fest zu. Ich beneide Gardo. Ich beneide ihn um das hier.

Sahir schwebt beinahe über den Boden, mit ihrer Mutter auf der linken und ihrem Vater auf der rechten Seite. Hier ist es Brauch, dass beide ihr Kind zum Altar führen. Sie soll von beiden Seiten beschützt und gestützt werden. Nicht weniger fordern die Eltern von dem Mann, in dessen Hände sie ihre Tochter geben. Auch wenn es zuvor um Ränge und Erhabenheiten gegangen sein sollte, so ist an diesem Punkt nichts davon übrig. Es geht um einen Mann und eine Frau, die in seine Obhut übergeben wird.

Die Braut tritt näher, ihr Schleier verdeckt ihr Gesicht, aber man erkennt schwach ihr strahlendes Lächeln dahinter. Ihr dunkles Haar fällt in Wellen um ihr Gesicht.

Gardo reibt sich neben mir unauffällig die Hände, er lächelt, sein Blick ist einzig auf Sahir gerichtet. Seine Eltern sitzen seitwärts, rechts von uns, auf dem Thron und fassen sich bei der Hand. Sie sind stolz. Das können sie auch sein.

Die wunderschöne Melodie verklingt, sie hallt ein letztes Mal von den Wänden wider. Gardo tritt einen Schritt vor, zu

Sahir und ihren Eltern, die jeweils eine Hand ihrer Tochter ergreifen und zusammen anheben.

»Gardo aus dem Hause Pahtien, Prinz des Pluto. Wir überreichen Euch hiermit unsere Tochter.« Sahirs Vater beginnt mit diesen Worten die Ansprache. Ich bin verblüfft, dass er Gardos Rang erwähnt hat. Wahrscheinlich gibt es doch Bedingungen seitens des Königshauses, denn sein Vorname hätte genügen sollen. Ich muss mir ein Kopfschütteln verkneifen.

»Nehmt ihre Hände, haltet sie fest, in allen Zeiten, die kommen mögen, an hellen und an dunklen Tagen, in kurzen wie auch langen Stunden.« Die dunkle und kräftige Stimme von Sahirs Vater füllt den Saal, alle sind gebannt. Bis die Stimme ihrer Mutter erklingt und ihn ablöst. Genauso stark und kräftig, nur viel heller und weicher.

»Nehmt ihre Hände, ihren Geist und ihr Herz. Nehmt nicht weniger als Ihr gebt und gebt nicht weniger als Ihr nehmt. Wir würden unser Kind mit allem beschützen, was wir haben.« Ihre Stimme bricht. »Mit unserem Leben. Weil nichts auf der Welt für uns mehr wert ist als sie. Für Euch soll ab heute das Gleiche gelten. Liebt sie, beschützt und ehrt sie, so wie sie Euch lieben, beschützen und ehren wird. Sie kann für sich stehen, so wie Ihr für Euch. Aber wenn der Tag kommt, werdet ihr auch für den anderen einstehen können. Seid euch eine Stütze, baut euch keinen Käfig. Liebe sollte immer an erster Stelle stehen.« Ich halte die Luft an, der Saal wird unruhig. Der Text wurde abgeändert.

»Gebt mir Euer Wort, dass Ihr Sahir mit allem, was Ihr habt, beschützen und sie nie herabsetzen werdet.« Sie macht eine Pause. »Weder als Mann noch als Prinz oder König.« Sahirs Mutter hebt ihr Kinn, würdevoll und stolz, ihr Vater zeigt keine Reaktion, Sahirs Hände zittern, man erkennt hinter dem Schleier ihr entsetztes Gesicht. Der Saal hält die Luft an, der Königin ist sämtliche Farbe aus dem Gesicht gewichen.

Ein Affront. Nicht nur, dass der Text geändert wurde. Er wurde von den Eltern eines Küchenmädchens geändert, die praktisch das Amt der Königsfamilie, das Wohlergehen dieser und das des Volkes hinter das ihrer Tochter gestellt haben. Ich urteile nicht über einen Menschen aufgrund seines Standes, aber das gilt leider nicht für jeden Bewohner dieses Planeten oder des Universums. Manche Dinge ändern sich nie oder viel zu langsam.

Der König erhebt sich, sein Kopf ist rot angelaufen. Seine Gattin versucht ihn zurückzuhalten. Doch es ist Gardo, der ihn daran hindert, weiterzugehen, indem er seine Hand hebt und zu reden beginnt, bevor er es tun kann.

»Ich werde Eure Tochter lieben, ehren und beschützen, mit allem, was ich habe. Ich werde sie nicht unter mich stellen, nicht hinter mich, sondern neben mich. Ich werde sie nicht als Schatten missbrauchen. Ich kann Euch versprechen, dass ich sie niemals mit Absicht verletzen werde.« Er tritt noch näher, nimmt Sahirs Hände. »Aber ich werde nicht versprechen können, sie vor das Wohl meines Volkes zu stellen. Sie wird da sein, um das Volk mit mir zu leiten und zu schützen. Sie wird selbst das Schwert sein und der Schild.«

Man kann die Erleichterung innerhalb des Raumes unter den Gästen geradezu spüren und beinahe greifen, nachdem die Worte gesprochen waren und Sahirs Eltern die Hände ihrer Tochter loslassen. Sahir sieht man sie am deutlichsten an.

Der König setzt sich nur widerwillig hin, aber er tut es, während Gardo seine Braut zum Torbogen führt.

Der Ehesprecher schaut kurz zum Königspaar, leicht verunsichert. Er räuspert sich, bevor er das Wort ergreift und mit jedem von ihnen kehrt die glückliche und leichte Stimmung zurück. Mit jedem Wort hellt sich das Gesicht des Königs des Pluto auf und Gardos Lächeln wird breiter.

Es wird Zeit für die Ringe.

Gardo und Sahir sehen mich erwartungsvoll an und obwohl ich Trauzeuge bin, beuge ich mich zu Kira und flüstere: »Für Lynn.« Sie nimmt die kleine Schatulle zart zwischen ihre Zähne und trägt sie die drei Schritte zu den beiden. Ich nicke Gardo zu und er beugt sich respektvoll zu Kira nach unten. Bevor er nach der Schatulle mit den Ringen greift, streicht er ihr über den Kopf und als Sahir schließlich einen Schritt macht, an Gardo vorbei, sich an diesem Tag in diesem Kleid zu Kira hinunterbeugt und sie in den Arm nimmt, drohe ich zu zerspringen vor Schmerz und Rührung zugleich.

Ihr Danke, so leise es auch ist, schwebt durch den Raum und ich weiß nicht, wer hier dessen wahre Bedeutung kennt. Kira leuchtet so hell wie ein Stern und ein kurzer Schluchzer lässt sie erbeben. Ich kann nicht anders, ich gehe zu ihr. Gardo und Sahir lassen mir den Raum, um nach Kira zu greifen und sie auf den Arm zu nehmen. Ich drücke sie an mich. Man hört vereinzelt Laute der Ergriffenheit aus den Reihen der Gäste, wahrscheinlich weil sie Kira süß finden.

Ich halte sie bis zum Ende, bis alle dem Brautpaar gratulieren, lachen, tanzen, essen. Bis meine Arme taub werden und Kiras Tränen versiegen.

Kapitel 20

Wer weiß schon,
ob Rache Freiheit oder Verdammung bedeutet.

Malik

Tick.

Tack.

Tick.

Tack.

Sekunde um Sekunde verrinnt wie Sand durch meine Finger. Selbst wenn ich wollte, könnte ich sie nicht aufhalten. Nicht die Sekunden und erst recht nicht den ganzen anderen Kram. Gar nichts davon.

Tick.

Tack.

Tick.

Tack.

Also sitze ich hier und warte.

Tick.

Tack.

Tick.

Tack.

Ich bin mir nicht mehr sicher, wie das hier enden wird. Aber es wird enden. Ja, das wird es sehr bald …

Kapitel 21

Zerbrechen ist nicht gleich zerbrechen und
kaputt ist nicht gleich kaputt. Wieso hört man wohl sonst
Glas und Stein und Knochen brechen,
aber nicht das Herz?
Vielleicht, weil die schmerzhaftesten Dinge leise sein müssen.

Juri

Die Feierlichkeiten neigen sich ihrem Höhepunkt zu, das Brautpaar ist glücklich, das Essen wurde serviert, die meisten Stühle und Tische wurden verschoben, um genug Platz für die Tanzfläche zu lassen. Das Licht wurde verändert, es brennen weniger Kerzen, die Atmosphäre ist ausgelassen, alles ein wenig gemütlicher, jemand spielt auf dem Klavier wundervolle Stücke. Selbst der Fauxpas der Eltern, der mit Absicht begangen wurde, ist vergessen.

Ich stehe am Rand, trinke einen Schluck meines Whiskeys und beobachte. Am meisten Gardo und Sahir. Ich sehe die Kleinigkeiten, die so besonders sind. Wie er sie manchmal anlächelt, wenn sie gerade woanders hinsieht, oder wie sie vorsichtig nach seiner Hand sucht und sie ergreift, während sie eigentlich mit jemand anderem spricht. Wie sorgsam und liebevoll ihre Körpersprache ist.

Mit einem kräftigen weiteren Schluck leere ich mein Glas, stoße mich von der Wand ab und gehe auf einen der Tische zu, damit ich es abstellen kann. Kira folgt mir.

»Komm, wir verabschieden uns und gehen zu Bett. Wir reisen morgen früh direkt wieder ab.«

»Das heißt, wir sehen sie morgen nicht wieder?«

»Nein. Möchtest du das denn?«, frage ich vorsichtig.

»Ich weiß es nicht«, entgegnet sie mir und denkt über meine Worte nach. »Nein, ich glaube nicht. Es wird nur komplizierter und am Ende auch schwerer, zu gehen.« Ja, das würde es. Kira ist jetzt schon ganz vernarrt in Sahir. Der Abschied würde ihr nur unnötig schwerfallen.

Wir passen Gardo ab, als er gerade auf dem Weg ist, sich und seiner Frau ein neues Getränk zu holen. Ich würde am liebsten einfach gehen. Schon erstaunlich. Zuerst wollte ich nicht auf diese Hochzeit, zuerst war mir Gardo egal, und dieser Tag hier ebenso. Dann kam ich doch her, wurde Trauzeuge, erinnerte mich an Lynn und zwar an die guten Momente. Und nun? Es sollte mir leichtfallen, mich zu verabschieden, aber das tut es aus irgendeinem Grund nicht.

»Du gehst«, stellt Gardo fest, als ich bei ihm ankomme, dafür musste ich nicht ein Wort sagen. Mit zusammengepressten Lippen bleibe ich stehen und nicke abgehackt.

»Ja, wir gehen zu Bett. Morgen geht es früh zurück nach Menua.«

»Ich verstehe. Danke, dass ihr beide hier seid, dass ihr gekommen seid. Es hat mir und Sahir viel bedeutet.« Er windet sich ein wenig, räuspert sich. Sein Tonfall wird ernster, leiser. Sein Blick intensiver. »Wisst ihr, wie es weitergeht?«

Eigentlich fragt er weitaus mehr.

»Wir arbeiten daran. Es ist kompliziert und …« Ich massiere mir kurz die Schläfen, bevor ich weiterrede. Der Whiskey wärmt mich von innen. Ich habe so viel getrunken wie lange nicht mehr, meine Bewegungen sind leicht fahrig. »Wir müssen weitersuchen.« Maliks Namen kann und werde ich hier nicht aussprechen.

»Ich wünsche euch viel Glück.«

»Danke.«

Ich will Gardo zum Abschied die Hand schütteln, doch er ergreift meine und zieht mich zu sich. Eine knappe Umarmung, ein Klopfen auf den Rücken.

»Sag Bescheid, wenn ich helfen kann. Oder wenn alles vorbei ist.«

»Das werde ich. Bitte übersende Sahir unsere besten Wünsche und Grüße.«

»Natürlich! Passt auf euch auf. Auf Wiedersehen, Kira«, sagt er und beugt sich zu ihr hinunter. »Auf bald«, antwortet sie.

»Es war schön, nicht wahr?« Kira trottet zum Bett und springt mit einem eleganten Satz hinauf, dreht sich einmal und hat sofort die richtige Schlafposition erreicht. Ich wünschte manchmal, ich wäre auch eine Großkatze, dann müsste ich den Anzug jetzt nicht noch irgendwie loswerden – ich hätte ihn nämlich niemals angezogen!

Kira putzt sich kurz, leckt sich über die Pfote und zieht sie danach über ihr linkes Ohr und ihren Kopf. Sie schnurrt. Ich hingegen kann endlich die Krawatte lösen und sie mit einer schwungvollen Bewegung zur Seite wegziehen. Ich lasse sie einfach auf den Boden gleiten und dort liegen, während ich weitergehe Richtung angrenzendes Bad, das ich bereits vor der Hochzeit entdeckt und genutzt habe. Ich wasche mich nur spärlich, so viel wie nötig, lasse auf dem Weg zurück auch den Anzug samt Hemd, Schuhen und Socken irgendwo fallen oder liegen und schlendere zum Bett. Der Alkohol macht sich immer mehr bemerkbar und ich bin erstaunt, auf wie vielen Ebenen er betäubend wirkt.

»Stell doch wenigstens die Schuhe ordentlich hin«, rügt mich Kira und schüttelt grummelig den Kopf. Also gehe ich das Stück zurück, schiebe mit dem Fuß die Sachen zusammen, die Schuhe und den Rest, schiebe sie, bis sie ein Knäuel sind und in der Ecke am Rand des Bettes ankommen.

Frech frage ich: »So besser?« Ihr Blick ist eine Mischung aus Erstauntheit und Belustigung, dabei möchte sie wohl eher genervt wirken, kann es aber nicht.

Bevor ich zu Bett gehe, schnappe ich mir meine Tasche mit Jim und den Schwertern und nehme sie mit, stelle sie neben dem Bett ab, um sie griffbereit zu haben. Dann lege ich mich zu Kira, ziehe die Decke ein Stück über mich und lösche das Licht. Kira leuchtet nur ganz, ganz schwach.

»Mir hat es auch gefallen«, antworte ich viel zu spät auf ihre Frage, bevor wir beide einschlafen.

Nein!

Schweißgebadet wache ich auf, es pocht hinter meiner Stirn, mir ist leicht schwindelig und schlecht. Wo bin ich? Hektisch richte ich mich auf, sehe mich um. Mein Atem belebt den Raum, ist laut und ungleichmäßig, viel zu schnell. Ich atme durch den Mund, meine Brust hebt und senkt sich kräftig, weil mein Herz dahinter zu explodieren droht. Meine Augen gewöhnen sich langsam an die Dunkelheit, die Vorhänge sind zugezogen und Kiras schwaches Licht hilft beim wach und klar werden.

Es war nur ein Traum. Nur ein Albtraum. Mein Blick senkt sich auf meine Hände, die ich hebe und drehe, immer weiter betrachte. Es klebt kein Blut daran. Einzelne Schweißperlen finden ihren Weg von meiner Schläfe über meine Wange zu meinem Hals. Meine Haare kleben mir am Nacken.

»Alles okay?«, murmelt Kira.

Ich brauche einen Augenblick, bis ich antworten kann. Zuerst schiebe ich meine Beine über die Bettkante und versuche, langsamer zu atmen, besser Luft zu bekommen – und mich nicht zu übergeben.

»Ja«, antworte ich knapp. »Schlaf weiter. Ich komme gleich zurück.« Ich tappe um das Bett herum, gehe ins Bad. Ich mache kein Licht an, finde alles auch so und lasse mir kaltes Wasser über den Kopf und das Gesicht laufen. Mein Kopf hängt tief im Waschbecken und das Wasser nimmt Schweiß und Albtraum mit sich mit. Zumindest so weit wie möglich.

Durch die Nase ein-, durch den Mund ausatmen. Zur Ruhe kommen. Kleine Wassertropfen perlen von meinen Wimpern, der Nase und dem Kinn ab, meine Haare sind klatschnass. Vornübergebeugt, mit den Händen am Waschbecken verharre ich in der Dunkelheit und dränge den Albtraum zur Seite, immer weiter zurück. Normalerweise würde ich nun diesen einen Ort aufsuchen – aber ich bin nicht auf Menua, ich muss mir anders helfen. Dieser Traum kam unerwartet und heftig, besonders da die letzten Tage relativ ruhig verliefen.

Nicht, dass ich die Hoffnung gehegt hätte, diese Art der Träume je loszuwerden.

Langsam lasse ich vom Rand des Waschbeckens ab, hebe die Hände, um das überschüssige Wasser aus meinen Haaren zu streichen, fahre mir über den Kopf und übers Gesicht, reibe mir die Augen, bevor ich zu einem Handtuch greife und mich notdürftig abtrockne.

Mein Atem ist ruhiger und leiser geworden, trotzdem ist er das Einzige, was ich hören kann. Kira ist wohl wieder eingeschlafen.

Die Muskeln im Nacken schmerzen, das Pochen hinter der Stirn ist schwach, aber da. Die Sehnsucht, die der Traum entfacht hat, und mit ihr Trauer, Schuld, so viele Dinge, die ich am Tage irgendwie übertünchen und verdecken kann, hallen wie ein starkes Echo durch mich hindurch.

Leise fluchend schmeiße ich das Handtuch in eine Ecke und verlasse das Bad. Ja, Kira schläft. Zumindest hat es den Anschein, denn sie liegt eingerollt auf dem Bett, mit geschlossenen Augen und gleichmäßigem Atem. Ich betrachte sie, bleibe im Türrahmen stehen und verschränke die Arme vor der Brust, gehe nicht weiter, gehe nicht zurück ins Bett. Die Angst, mich hinzulegen, erneut einzuschlafen und zu träumen, ist zu groß. Jetzt kann ich das noch nicht. Ich schaffe es nicht. Denn dieser Traum ist der schlimmste von allen. Der, in dem ich es schaffe, Lynn zu retten …

Die Zeit vergeht nicht oder vielleicht doch, ich bin nicht sicher, denn ich stehe weiter da, starre vor mich hin und versuche, wach zu bleiben.

Bis meine Gedanken von einem Geräusch unterbrochen werden, das so plötzlich und unerwartet die Stille durchbricht, das in meinen Ohren unfassbar laut klingt und letztlich so leise ist, dass ich es im Schlaf nicht gehört hätte. Jemand dreht den Türknopf unserer Zimmertür.

Alles ist lauter, wenn der Rest der Welt leise wird bei Nacht.

Es könnte jeder sein. Es könnte ein Versehen sein, ein Irrtum, aber in diesen Zeiten bin ich der Letzte, der an so etwas glauben kann. Ich teleportiere mich zu Kira, die die Veränderung spürt, in mir, in der Luft, weil sie mit mir verbunden ist und die Augen leicht öffnet. Sie will etwas sagen, aber ich lege meine Hand auf ihre Schnauze. Sie ist sofort hellwach.

Scheiße. Der Knauf dreht sich weiter, ein leichtes Quietschen ertönt. Wer auch immer es ist, er bewegt sich auf uns zu. Die Geräusche sind leise, aber sie sind da.

»Bleib liegen, sodass du dich schnell bewegen kannst, wenn es nötig ist. Bis dahin bleib ruhig.« Kira nickt, nachdem ich ihr die Worte ins Ohr geflüstert habe und zügig nach der Tasche und meinen Schwertern greife. In einer fließenden Bewegung ziehe ich sie heraus, bevor ich die Tasche samt Langstock schnell unter das Bett schiebe.

Ich hocke geduckt da. Angespannt, kampfbereit und vielleicht absolut paranoid.

Die Tür schwingt auf, im Flur ist es ebenso dunkel wie hier. Ich stehe dahinter, das Adrenalin in meinem Körper ist auf Hochtouren, die Schwerter in meiner Hand bereit.

Ein Schritt, vorsichtig.

Ein zweiter Schritt, sicherer.

Fünf Sekunden sind verstrichen.

Ich kann es erkennen, wenn auch nur schwach, und höre das dumpfe, kaum wahrnehmbare Auftreten der Schuhe auf dem Boden. Ein eigenartiger Geruch dringt ins Zimmer. Er kommt mir vage bekannt vor, aber ich bin auf andere Dinge konzentriert und darf mich nicht ablenken lassen.

Er bleibt stehen. Wieso bleibt er stehen?

Ich habe keine Geduld, will meinen Vorteil nicht einbüßen müssen, wenn ich zu lange warte.

»Kira! Licht!«, schreie ich und sie hört sofort auf mich. Sie springt auf, lässt das Zimmer mit ihrem Leuchten erstrahlen. Mein Schwert leuchtet mit ihr und ich kann nicht glauben, was ich sehe, als ich mich erhebe und der Raum von blau-weißem Licht erhellt wird.

Den Typen, der Jim getötet hat.

Der Typ mit dem widerlichen Grinsen.

Maliks Handlanger.

Und hinter ihm tritt der zweite hervor, den Kira letztes Mal etwas aufgemischt hat. Er kann nicht teleportieren, er kann nur kämpfen. Ein Vorteil, wenn auch nur ein kleiner.

Der kleinere, hintere Handlanger schließt die Tür.

Der andere ist ein Gegner, den ich nicht unterschätzen darf und werde. Er ist gut trainiert, schnell und trotz seiner Masse gelenkig und flink. Er hat einen Langdolch in der Hand, den er nun wegsteckt und austauscht gegen das Schwert auf seinem Rücken.

Meine Schwerter liegen schwer und gut in den Händen, ich lasse sie einmal kreisen, bevor ich mir ein Grinsen gestatte. Ich will ihn so provozieren wie er mich, und ich genieße den flüchtigen Moment, in dem seine Gesichtszüge so etwas wie Überraschung zeigen.

»Schau mal, Kira, wer uns da besucht. Alte Bekannte«, sage ich abfällig und stelle mich unauffällig etwas besser hin, breiter, sicherer.

»Mit euch beiden wird es nie langweilig.« Der schmierige Typ lacht. »Ich habe wirklich geglaubt, Ihr würdet schlafen. Es hätte so einfach sein können.« Er schüttelt den Kopf, mehr als

Schauspiel. Ich entgegne nichts. Wir starren uns an, messen uns mit Blicken. Er wird wohl wie ich fieberhaft überlegen, wie er am besten zum Zug kommt. Es steht zwei gegen zwei und entgegen seiner Hoffnung und Erwartung schlafen weder Kira noch ich.

»Hättet Ihr nur geschlafen«, zischt er.

»So einfach bringt Ihr mich nicht um.«

»Dass Ihr wach seid, macht es nicht schwerer. Es wird nur länger dauern.« Der Typ hinter ihm lacht. Er bewegt sich ein kleines Stück zur Seite.

Es geht los.

Er teleportiert sich im gleichen Moment, in dem Kira mit einem lauten Knurren und einem riesigen Satz vom Bett dem zweiten Angreifer entgegenspringt. Er kann nicht teleportieren, sie ist ausgebildet im Kampf, wird mit ihm und seinem Schwert umgehen können. Um ihr Licht mache ich mir Sorgen, wenn sie es weiter so hell lässt, raubt ihr das zu schnell die Energie.

Mein Schwert knallt auf das des anderen Angreifers, seine Augen zeigen seinen Wahnsinn und wie dringend er das hier beenden will. Es zeigt, dass es ihm Spaß macht. Er widert mich an.

Meine zwei Schwerter sind nur bedingt ein Vorteil. Wie gesagt, er bewegt sich gut und schnell, seine Faust ist seine andere Waffe und wie ich sehe, wurde er gut ausgestattet. Mondstein gepaart mit Eisen zu einem Panzer verschmolzen, der sich als Schutz einmal über den ganzen Unterarm zieht. Damit kann er einige Schläge abwehren, bevor er sich verletzt und etwas bricht oder reißt. Sein Schwert ist schwerer und dicker als meines, er weiß es zu führen. Seine Schläge sind hart, vibrieren durch meine Knochen bei jedem Aufprall. Das kostet Kraft.

Das Bett steht im Weg, ich teleportiere mich fort, er ist sofort hinter mir, mittig im Raum und ich komme kaum hinterher. Er hat keinen eindeutigen Stil, er verrät sich nicht, nichts zeigt mir an, was er als Nächstes tun wird.

Seine Faust fliegt auf mich zu, ich hebe das Schwert, will sie damit abwehren, aber er dreht den Arm, sodass sein Schutz gegen das Schwert knallt. Sofort drehe ich den rechten Arm, will mit dem anderen Schwert nachsetzen, aber er ist so schnell wie ich und wehrt sich, sein Schwert ist schnell genug an Ort und Stelle, um ihn zu schützen. Sie werden zusammengezogen, wir stehen voreinander, Arme und Schwerter gekreuzt, Gesicht an Gesicht, und drücken zu. Scheiße, er hat genug Kraft, um mich einige Zentimeter nach hinten zu drücken. Ich will nichts mehr, als ihm sein ekelhaftes, vermessenes Grinsen aus dem Gesicht zu schlagen.

Ich sammle mich, lege alles in diesen einen Schub und drücke zu, befreie meine Arme und Schwerter und teleportiere mich hinter ihn. Er dreht sich flink, erwischt mich beinahe mit dem Schwert in der Drehung am Bauch und ich kann gerade noch mal teleportieren, bevor er ihn mir aufschlitzt.

Direkt nachdem ich mich wieder materialisiere, schwinge ich mein linkes Schwert von unten, das rechte von oben, die Bewegungen sind anstrengend, die Muskeln im Rücken arbeiten gegeneinander. Er duckt sich unter dem einen hinweg, schmettert das untere ab und versucht mich umzureißen. Ich springe vom Boden ab, beiße die Zähne zusammen und will in dem Moment, in dem ich mich nach unten bewege, mein Schwert von oben auf ihn herabsausen lassen. Wieder eine Teleportation.

Wir haben beide unsere Schwachpunkte, aber wir können sie auch beide ausgleichen. Einer von meinen überwiegt jedoch. Es ist Kira. Ich kann es nicht verhindern, immer wieder zu schauen, ob es ihr gut geht. Einmal wurde sie getroffen, aber sie hat sich aufgerappelt. Das war der Moment, in dem ich mir den Schnitt im linken Oberarm zugezogen habe. Ich war unaufmerksam. Er hat diesen Schwachpunkt nicht. Sein Begleiter interessiert ihn kein Stück.

Es ist ein harter Kampf, der Schweiß läuft mir in die Augen. Ein- bis zweimal hat er mich schon erwischt. Nur kleine Kratzer, aber sie bluten. Er hat einen Schnitt von mir einmal über den Rücken, aber ebenso oberflächlich wie meine Wunden.

Mein Kiefer mahlt, ich atme heftig, laut und meine Wut steigert sich mit jedem verfluchten Schlag. Ich muss das hier schnell beenden. Lange hält Kira nicht mehr durch, ihr Licht wird schwächer. Aber schlimmer als das ist: Ich werde dieses Tempo auch nicht ewig durchhalten. Ich bin gut. Mein Gegner aber nicht schlechter.

Während wir kämpfen, arbeitet mein Kopf auf Hochtouren. Schwert knallt auf Schwert, mit der Rechten hält er plötzlich meine Linke fest und ein raues, knappes Lachen ertönt. Er atmet so schwer wie ich, man sieht ihm an, dass ich es ihm nicht leicht mache, trotzdem spottet er über mich.

»Ist das alles? Ist das alles, was Ihr könnt, Mondkrieger?«, das letzte Wort speit er mir entgegen. Er ist wütend. Gut so!

»Noch lange nicht«, sage ich, drücke sein Schwert weg, drehe mich so, dass ich aus seinem Griff entkommen kann und schwinge beide Schwerter. Jetzt hab ich ihn! Jetzt! Aber meine Schwerter zerschneiden nichts von ihm, nur die Luft vor mir, und ich gerate aus dem Takt. Nicht nur, weil er nicht direkt wiederauftaucht, sondern weil er es nicht bei mir tut.

Kira hat sich gerade in den Arm des anderen festgebissen, als mein Gegner hinter ihr auftaucht. Dieses Grinsen …

»NEIN!« Ich schreie. »Kira!« Und noch während ich das tue, ändert sich alles. Ich setze dazu an, zu teleportieren. Das geht immer schneller, als die sechs Schritte so zu machen. Aber ich verliere mich fast darin …

Ich komme bei Kira an und ich bin zu spät. Ich kann den Kleineren ausknocken und verletzen, er geht zu Boden. Aber Kira … Kira schreit auf und ich werde diesen Schrei nie wieder vergessen können. Ich schreie mit und das Erste, was ich sehe, ist er über ihr. Sein widerliches Grinsen, sein Schwert, das aus Kira gezogen wird. Ich schlage zu, heftig, voller Wucht und Wut, ohne Angst, ohne Taktik. Es ist mir egal, ob ich sterbe. In diesem Moment ist es mir egal.

Er ist einen Tick zu spät, er kann nur mein eines Schwert blockieren, aber nicht das zweite und dadurch verliert er sein Gleichgewicht. Ich lasse mein rechtes Schwert fallen, schlage so fest zu, dass mindestens ein Knöchel meiner Hand bricht und ich höre nicht auf zu toben. Er taumelt und ich schlage weiter zu. Er wehrt sich, sein Schwertarm fährt herum, aber das ist egal. Ich ramme ihm den glühenden Mondstein in den Magen. Sehe zu, wie er stirbt, wie er verschwindet.

Ich keuche. Ich kann in diesem Moment nichts fühlen. Vielleicht habe ich Angst. Vielleicht Hoffnung. Ich weiß es nicht. Schwer schluckend und atmend drehe ich mich um, will nach Kira sehen, aber …

Abertausende von Sternen und Lichtern explodieren, bevor sich ihr Staub erhebt und niederlässt. Bevor das Licht verblasst, uns in Dunkelheit zurücklässt.

Es ist so dunkel.

Es ist so kalt.

Es ist so leer.

Ich habe Kira verloren.

Kira ist weg.

Weg. Weg. Weg. Weg. Weg. Weg. Weg. Weg. Weg. Weg. Weg. Weg. Weg. Weg. Weg. Weg. Weg. Weg. Weg. Weg. Weg. Weg. Weg. Weg.

Kapitel 22

Du denkst, es könnte nicht schlimmer werden.
Sei gewiss, es kann.
Und wenn du denkst, du hättest bereits sehr viel verloren,
zeigt dir das Leben, was du noch alles verlieren kannst …

Juri

»Nein«, hauche ich wieder und wieder. Meine Knie krachen auf den Boden, ich glaube, es tut weh. Aber der Schmerz in mir ist viel größer und so allesverzehrend, dass ich den körperlichen nicht wahrnehme. Meine Schwerter liegen hinter mir, ich habe sie fallen lassen. Meine zitternden und schmutzigen Hände fahren über den Boden vor mir, den ich kaum sehe, und ich spüre den Staub, die Asche …

Mit aller Kraft schlage ich mit meiner Faust auf den Boden und fluche. Wieder und wieder, und breche mir wahrscheinlich weitere Knochen darin. Es ist egal. Meine Hand wird heiß und dick, ich spüre das warme Blut und ich schreie so laut, dass meine Lunge zu bersten droht. Ich kann nicht aufhören, ich kann es nicht …

Irgendwann rinnen mir Tränen über die Wangen und Schluchzer schütteln mich. Lynn, Tia, Kira. Das kann nicht sein. Das kann verflucht noch mal nicht wahr sein!

Die Tür wird aufgerissen, Leute stürmen herein. Man macht Licht, der Raum erhellt sich. Ein großer, dicker Schleier liegt auf meinen Augen, ich kann nichts klar erkennen. Blut rauscht in meinen Ohren. Es ist unruhig im Zimmer. Hände greifen nach mir und ich wehre mich nicht, weil irgendetwas in mir die Stimme, die auf mich einredet, wiedererkennt.

»Juri, verdammt! Hörst du mich? Kannst du mich hören?«

Ich hebe meine rechte Hand, will mir damit über die Augen fahren, versuchen, klarer zu sehen, aber ich lasse es, denn der Schmerz lässt mich das Gesicht verziehen, deshalb nehme ich die linke.

Gardo ist vor mir in die Knie gegangen, umrahmt von Wachen. Sie sind überall.

»Hörst du mich?« Ich sehe ihm direkt in die Augen.

»Ja.« Meine Stimme klingt gebrochen.

»Es wurden Unruhen hier im Flügel gemeldet, du bist der Einzige, der hier untergebracht ist.« Er atmet tief ein. »Ich habe angewiesen, mir sofort Bericht zu erstatten, sollte etwas mit dir sein, weil ich … weil ich …« Er redet nicht weiter, schluckt die Worte hinunter. »Es war laut, es wurde gemeldet, die Wachen waren kurz vor mir da. Was ist passiert?«

Ich weiß es nicht. Ich blicke mich um, sehe all das Chaos, das Blut, den Schmutz, den zerbrochenen Schreibtisch, Sternenstaub …

»Kira«, wispere ich und werfe einen Blick auf mein Handgelenk. Ich muss es tun. Das Sternbild. Unser Sternbild … es wurde zu einer blassen Narbe. Mein Begleiter ist fort, das Sternbild lebt nicht mehr, so wenig wie sie. Es ist wahr. Es ist passiert.

Gardo folgt meinem Blick und wird blass.

»Bei den Sternen, Juri.« Er fährt sich über die Stirn.

Ich will aufstehen. Will weder sein Mitleid noch seine Entschuldigung oder sonst etwas. Er hilft mir und ich entdecke das, was ich vergessen habe. Einer ist übrig.

Die Wachen halten den anderen Angreifer fest. Meine Stimme ist fest, sie klingt aber fremd und emotionslos.

»Ich werde mit ihm reden und ihr werdet jetzt alle gehen.« Kein Wunsch, keine Bitte. Ich würde jeden in diesem Raum vernichten, um an den letzten Angreifer zu kommen. Ich werde mit ihm reden und er wird mir sagen, wo Malik ist. Vorher verschwindet er nicht. Nirgendwohin.

»Nein«, entgegnet Gardo und ich sehe ihn an. »Die Wachen werden gehen, aber ich bleibe. Ich will Antworten.« Leiser setzt er hinzu: »Und ich mache mir Sorgen um dich.«

»Auf keinen Fall. Gerade du solltest gehen. Du darfst nicht sehen, was hier gleich passiert.« Folter ist auf jedem Planeten antiquiert, doch wenn er nicht reden will, werde ich davor nicht zurückschrecken. Selbst wenn nicht, ist das hier kein offizielles Verhör. Gardo müsste ihn festnehmen und seinen Eltern als Königspaar Bericht erstatten. Noch ist der Thron nicht der seine.

»Wachen. Verlasst den Raum, sichert ihn von außen und schließt die Tür. Weitere Anweisungen folgen.« Gardos Befehl ist eindeutig, die Wachen befolgen ihn und ich widerspreche nicht. Sie lassen den Gefangenen los und er sackt, weiterhin halb bewusstlos, an der Wand hinab auf den Boden. Mein Schlag hat ihn schwer erwischt.

Mit aller Kraft wiederstehe ich dem Drang, einen weiteren Blick auf die Stelle zu werfen, an der Kira lag. Ich kann den Gedanken nicht zulassen ... Ich kann es nicht.

Jeder Muskel in mir tut weh, jeder Schritt auch, aber mein Antrieb ist größer, der Wunsch nach Rache überdeckt alles.

Ich gehe vorwärts, ziehe den Typen nach oben, halte ihn an seinem schwarzen Kragen fest, und durch diese Bewegung zieht der eigenartige Duft von vorhin wieder in meine Nase. Dieses Mal schwächer.

»Wach auf«, schnauze ich und schüttle ihn einmal kräftig. Sein Stöhnen ertönt. Ich schlage ihm ins Gesicht, er stöhnt nochmals vor Schmerz auf, spuckt Blut auf den Boden.

»Wer bist du?«

Keine Antwort.

»Woher kommst du?«

Keine Antwort.

»Wo. Ist. Malik.« Ich drücke fester zu, er röchelt ein wenig.

»Juri«, mahnt Gardo. Ein Grund, warum er besser hätte gehen sollen. Ich lasse mir hier nicht reinreden und ich fange gerade erst an.

»Willst du dich wirklich für ihn umbringen lassen?«, frage ich beinahe nett, während ich fester zudrücke. Er versucht zu grinsen, läuft rot an und ich sehe das Blut an seinen Zähnen.

»Ihr würdet mich also nicht umbringen?«, fragt er spöttisch.

»Das kommt darauf an, was an Gegenleistung erbracht wird. Sag mir, wo ich Malik finde.«

»Verratet uns, wie Ihr den Weg unbemerkt in den Palast gefunden habt und woher Ihr wusstet, wo Ihr hinmüsst«, ergänzt Gardo unerwarteterweise.

Keine Antwort. Ein wütender Aufschrei, und ich schmeiße den Typen mit voller Wucht durch den Raum. Er prallt auf dem Boden auf, die Luft wird schlagartig aus seinen Lungen getrieben. Ich teleportiere mich zu ihm, schlage ihm in den Magen und während er hustet, greife ich ihm erneut an die Kehle.

»Versprecht es!« Er hustet wieder, spuckt auf den Boden. »Versprecht, dass ich leben werde, wenn ich es verrate.« Ich sage nichts. Das muss ich auch nicht, denn Gardo tritt vor und tut es. »Versprochen.«

Der Typ starrt ihn an, er hört sich nicht gut an, ich denke, seine Nase ist gebrochen und mindestens drei Rippen. Innere Verletzungen sind möglich. Er ist mir körperlich weit unterlegen.

»Gut. Ich sage es euch. Aber ich weiß nicht so viel.« Er spuckt abermals. »Das meiste hat Malik mit Toah besprochen. Das war der Typ, den du schon abgemurkst hast. Wir haben uns teleportiert. Wir sind seid gestern hier, er musste sich ausruhen, danach ist er wieder verschwunden.« Ein heiseres Husten ertönt, ich lockere meine Hand um seine Kehle. »Malik kennt den Palast, gab uns Anweisungen. Wir sind einfach vorhin durch die Vordertür spaziert. Es war irre. Toah hatte so ein Parfum dabei, das er versprüht hat. Er sagte, ich soll versuchen, nicht zu viel einzuatmen. So sind wir reingekommen.« Wir starren ihn an. Er wird panisch. »So war es! Es klingt verrückt, aber so war es.«

»Wo ist Malik?«, fragt Gardo, da ist mein Kopf noch mit dem beschäftigt, was uns gerade mitgeteilt wurde. Ein Parfum und dann konnten sie rein. Ich strenge mich an, aber es ist so viel passiert, mein Kopf ist voller Watte – bis mir der Duft wieder in die Nase steigt. Ich habe ihn schon zweimal gerochen. Das Parfum. Es ist keines. Ich wusste, ich kenne es, es ist so penetrant, dass es sich über Stunden in der Kleidung festsetzen kann, ohne unangenehm zu riechen. Ich kann es nicht glauben, aber es muss so sein.

Ich antworte auf Gardos Frage.

»Er ist auf der Venus.«

»Woher …?« Der Attentäter ist verwundert und gibt mir damit recht. Er hat sich von einem Venuskind Unterstützung geholt. Sie haben ihren Duft zur Manipulation abgezapft und als Parfum verwendet. Darauf steht die Todesstrafe auf der Venus.

»Wer ist es?«

»Ich weiß nicht, wer er ist. Er hat aber wohl genug Geld und Macht, er bietet Malik einen Unterschlupf an. Eine Hütte, nördliches Territorium.«

Ich stutze. »Nördliches? Bist du sicher?«

»Ja, wieso?« Er runzelt die Stirn. Er hat keine Ahnung, was das bedeutet.

»Wie lautet sein Name?«

Er stöhnt verzweifelt auf, windet sich unter mir. »Ich weiß es nicht. Ich hab ihn nur einmal durch Zufall gehört und wieder vergessen, weil er so komisch klang, so … fremd.«

»Alain«, sage ich tonlos. Lasse es auf einen Versuch ankommen. Er reißt die Augen auf.

»Ja! Ja, genau!«

Mein Blick gleitet kurz zu Gardo. »Nördliches Territorium. Das ist Königslande, die Familie besitzt das meiste selbst. Kannst du herausfinden, wo er sein könnte? Welche Verstecke und Besitze die Familie dort hat?«

»Kann ich«, gibt Gardo zu und ruft eine Wache herbei, die sofort ins Zimmer stürmt.

»Ich brauche Informationen, welche Ländereien der Venus im Besitz der Königsfamilie sind und welche Häuser oder Besitztümer darauf zu finden sind. Wo sie zu finden sind. Holt euch, wenn nötig, Menuas Hilfe. Sofort!«

»Ja, Prinz Gardo«, wird erwidert, die Tür schließt sich wieder.

Ich atme tief durch die Nase ein, lasse vom Attentäter ab, rapple mich auf und gehe auf mein Schwert zu, während Gardo intensiv nachdenkt und der Typ auf dem Boden sich den Hals reibt. Ich hebe es auf, mit der linken Hand kann ich es noch halten. Gardo dreht sich zu mir, der Typ will aufstehen.

»Was soll das? Ihr habt versprochen, ihr werdet mich nicht umbringen.«

Gardo stellt sich mir in den Weg, will mich aufhalten, aber ich teleportiere mich, lande auf dem Attentäter und versenke ohne zu zögern mein Schwert in ihm. Ohne Reue.

»Er hat es versprochen. Nicht ich.« Mit diesen Worten ziehe ich es wieder aus ihm heraus und schmeiße es in die Ecke, sehe Gardo an, emotionslos, absolut am Ende.

»Versprich nichts, was nicht in deiner Hand liegt.«

Kapitel 23

Es gibt viele Synonyme für das Wort Verlust.
Ausfall, Einbuße, Wegfall.
Die Worte haben an sich die gleiche oder
eine ähnliche Bedeutung,
sie können bei Bedarf getauscht werden.
Für mich sind Synonyme Paradoxe. Sie sind eine Lüge.
In ihrer Tiefe erreichen sie einander nicht,
sie nähern sich höchstens an, aber am Ende laufen sie
doch aneinander vorbei. Kira war kein Ausfall
und keine Einbuße, sie ist nicht nur ein Ding,
das aus meinem Leben wegfällt.
Verlust ist so viel mehr als das …

Juri

Kein klarer Gedanke kann sich in meinem Kopf formen. Der Raum gleicht einem Schlachtfeld. Die beiden Attentäter sind tot. Gardo steht nach wie vor hier in meinem Zimmer, in seiner Hochzeitsnacht. Malik ist auf der Venus. Ich habe gebrochene Knöchel, Dutzende Hämatome und so viele Schmerzen, dass ich sie nicht benennen kann. Innen wie außen.

Ich habe Kira verloren. Kira ist tot und ich kann das nicht verstehen. Mein Blick fällt immer wieder auf das Sternbild an meinem Handgelenk. Während ein Teil von mir sich einredet, sie sei noch da drin und alles wäre in Ordnung, weiß der andere ganz genau, dass etwas fehlt. Dass sie fort ist.

Die Gefahr ist vorbei und das ist der Moment, in dem mein Körper all seinen Wunden und mein Geist all seiner Trauer und seiner Verwirrung nachgibt. Alles tut weh.

»Verdammt, Juri! Mein Wort ist mir etwas wert.« Gardo flucht ein weiteres Mal, bevor er ruhiger weiterredet, und ich glaube, es ist das erste Mal, dass ich ihn fluchen höre.

»Ich lasse einen Heiler rufen und du bekommst ein anderes Zimmer. Du musst dich ausruhen und morgen …«

Ich unterbreche ihn. »Nein, jetzt. Ich werde jetzt gehen. Gib auf Menua Bescheid.«

»Aber du bist verletzt und erschöpft. Man wollte dich umbringen, verdammt!« Einen Augenblick tigert er unruhig umher und reibt sich die Schläfen, fasst sich aber schnell wieder.

Schwankend sammle ich meine Schwerter ein. Sie sind mit Blut und Schmutz besudelt. Danach gehe ich zum Bett, ziehe meine Tasche hervor, krame zwei Shirts und die Hose heraus, weil mir klar wird, dass ich nur in meiner Boxershort hier stehe, und wickle eines der Shirts um die Schwerter, bevor ich sie zu Jim in die Tasche stecke. Ich ziehe das Shirt an, vorsichtig, weil meine Muskeln beinahe brennen, und danach die Hose. Mein Handgelenk steht in Flammen, zusammen mit den Knöcheln meiner rechten Hand, und ich versuche sie so wenig wie möglich zu bewegen. Mit links hebe ich die Tasche. Vorne am Tisch stehen meine Boots, der Anzug ist mir scheißegal, soll er da auf dem Boden liegen bleiben. Ich ziehe die Boots an und stelle mich samt Tasche vor Gardo.

»Du zitterst.« Gardo sagt das ohne Wertung, aber deutet dabei auf meine Hände. Als ich hinsehe, erkenne ich, dass er recht hat. Meine rechte Hand zittert, die linke auch, samt Tasche. Ich merke es gar nicht, ich meine, ich sehe es, aber ich kann das Zittern nicht fühlen.

»Du stehst unter Schock. Ich hole jetzt einen Heiler.«

»Nein. Ich werde abreisen. Lass mich nach Hause gehen«, sage ich mit rauer, halb erstickter Stimme, in der er irgendetwas gehört haben muss, das ihn überzeugt, denn er nickt bereits wenige Sekunden später.

»Ich werde es arrangieren. Menua wird im Bilde sein, wenn du dort ankommst.« Wir stehen voreinander, ich, der Mann, der alles verloren hat, und er, der Prinz, der heute alles gewonnen hat.

»Juri, ich …«, er stockt, atmet tief ein. »Er ist ein Mistkerl«, flucht er. »Ich werde nicht fragen, was du tun wirst. Ich weiß es und ich hoffe, du wirst deinen Frieden finden.« Mit diesen Worten rauscht er aus dem Zimmer, ich höre ihn Befehle bellen und die anderen Wachen reden, manche kommen herein, wollen das Chaos begutachten und beseitigen. Und dann nehmen sie mich mit, bringen mich zu den Teleportern. Ich rufe nach Kira, sage ihr, dass wir gehen, aber sie antwortet nicht …

Alles verschwindet hinter einem Schleier. Vielleicht ist es eine schützende Hülle, die mich umgibt, ohne dass ich es weiß. Ich erinnere mich, auf den Teleportationsfeldern gestanden und irgendwie nach Hause gekommen zu sein.

Jetzt bin ich da und ich verlasse den Teleporter, während jemand auf mich einredet. Die Stimme wird klarer und klarer, genauso wie die Umgebung, in der ich mich befinde. Menua.

Ich bin daheim.

Faras steht vor mir, er macht ein besorgtes Gesicht, wirkt müde und blass. Ich erkenne ein paar Wachen und Harú, allerdings ohne Uniform. Es ist mitten in der Nacht. Sie sind wegen mir hier. Die Tasche fällt mit einem dumpfen Plonk auf den Boden, ich schwanke ein wenig.

»Juri, verstehst du mich? Der Heiler ist gerade gekommen, er wird dich jetzt untersuchen und wieder zusammenflicken. Dann geht es in dein Zimmer – oder in ein anderes, wenn du das möchtest«, informiert er mich und ich kann nicht antworten. Ich nicke zustimmend, presse die Lippen zusammen und drehe mich um. Man fragt nicht, was passiert ist. Sie haben mich erwartet, Gardo hat ihnen alles erzählt.

Ich setze mich auf einen bereitgestellten Stuhl, der Heiler geht ruhig und präzise vor, heilt erst die starken Wunden an meiner Hand, bevor es an die Kratzer und Schnittwunden geht. Er macht es so gut er kann, aber eine Wunde wird er nicht heilen können, sosehr er sich bemüht.

Es dauert seine Zeit und ich glaube, ich döse für einen Moment weg, als die Schmerzen nachlassen.

Meine Lider sind schwer wie Blei, mein Magen rumort. Trotzdem zwinge ich mich, wach zu bleiben.

Ich fange Harús Blick auf. Mitleid. Er hat zuvor die Sternbildnarbe gesehen.

»Du siehst scheiße aus«, sagt er erstickt und versucht sich an einem Grinsen. Ich kann es ihm nicht nachtun, aber ich bin dankbar, dass er diesen bescheuerten Satz gesagt hat. Ein Witz ist es sicher nicht, ich sehe garantiert richtig beschissen aus.

Ich bin zu schwach zum Laufen und teleportieren, deshalb stützt mich Harú. Sie wollen mich in ein anderes Zimmer bringen, aber ich kann das nicht. Ich muss in meinen Raum, zu Dingen, die mir bekannt sind. Zu meinem Bett und meinem kleinen, kaputten Schrank, zu der engen Dusche und …

Wir sind da. Die Tür schwingt auf, draußen scheint die Sonne, mitten in der Nacht. Faras zieht die dicken und dunklen Vorhänge zu, die dafür sorgen, dass nur an den Seiten kleine, zarte Lichtstrahlen ihren Weg ins Zimmer finden. Der Raum ist abgedunkelt, aber man sieht genug.

Wir sind nur noch zu dritt, die Wachen haben sich verteilt. Galle steigt in meiner Speiseröhre auf, mir ist so schlecht. Die Erkenntnis, was diese Nacht passiert ist, was das wirklich bedeutet, will an die Oberfläche kommen.

»Wenn du etwas brauchst …«, setzt Faras an.

»Sage ich Bescheid«, beende ich leise seinen Satz. »Bitte geht.« Harú lässt mich los, ich torkele einen Moment, gehe einen Schritt, bis ich erneut verharre. Mein Mund ist trocken. Die Tür ist zu, sie sind weg.

Ich breche zusammen, vor meinem Bett.

So viel Tod um mich herum. Er ist überall. Er ist wie eine Krankheit, die ich nicht loswerde.

Meine Gedanken hängen sich an Malik. Er ist so nah, jetzt, da ich seinen Aufenthaltsort kenne. Er erwartet seine Handlanger schnell zurück. Wohl spätestens in der Früh. Wenn sie nicht kommen, weiß er, dass ich sie getötet habe – und ich glaube nicht, dass er sich weiter verstecken wird. Der Krieger in mir fügt diese paar Dinge zusammen und treibt mich an: geh duschen, ruh dich aus, dann steh auf und geh zu ihm. Bring es zu Ende. Der Mann in mir will einfach nur weiter zerbrechen und trauern, um eine Liebe und um eine Freundin, um einen

Teil von sich selbst, und Wunden betrachten, die immer wieder aufreißen. Sie kämpfen in mir und miteinander.

Auf dem Boden sitzend wiege ich mich vor und zurück mit den Händen am Kopf und den Ellenbogen auf den Knien. Mit den Hände fahre ich mir durch meine Haare, bis hinunter in den Nacken, wo ich sie verharren lasse, und schließlich drohe ich trotz allem einzuschlafen. Ich hieve mich ins Bett, falle darauf und kann die Augen einfach nicht länger aufhalten.

Mein Körper brauchte den Schlaf, braucht ihn wahrscheinlich noch immer, denn ich habe nur drei mickrige Stunden auf dem Bett verbracht. Ich bin mir jeden meiner Muskeln bewusst, als ich erwache. Es geht mir besser. Körperlich. Ansonsten ging es mir nie schlechter. Ein Albtraum hängte sich an den anderen in dieser Nacht und ich sah immer wieder, wie Kira starb. Wieder und wieder und wieder. Ich bin froh, aufgewacht zu sein.

Ich zwinge mich, aufzustehen. Die Dusche ist notwendig, ich muss mich anziehen, richtig wach werden und mich konzentrieren. Ich habe eine Aufgabe. Also schaffe ich es unter Aufbringung meiner restlichen Kraft irgendwie, meine Trauer und das Geschehene zur Seite zu schieben und mein Ziel wieder in den Fokus zu setzen. Wenn es vorbei ist, kann ich mich fallen lassen und trauern, kann in mir zusammenfallen. Nicht jetzt.

Im Bad spüle ich unter der Dusche alles ab, was von dieser Nacht übrig ist. Das Wasser färbt sich rot und braun.

Zurück im Zimmer greife ich nach der Tasche, ziehe meine Schwerter heraus und stoße auf den langen, eleganten Dolch, den Faras mir geschenkt hat. Den habe ich ganz vergessen. Ich ziehe ihn aus der Scheide, drehe ihn und begutachte die Klinge. Scharf, spitz, gut gearbeitet. Der Griff liegt perfekt in meiner Hand. Er ist perfekt ausbalanciert. Ich lege ihn samt Hülle aufs Bett, ziehe danach die Schwerter heraus und nehme sie mit ins Bad, reinige sie sorgfältig und mache sie kampfbereit.

Als ich mich entscheiden muss, was ich anziehe, fällt es mir schwer, denn im Schrank fiel mein Blick als Erstes auf meine Mondkriegeruniform, die ich jahrelang trug, die nicht nur perfekt sitzt, sondern auch praktisch ist.

Obwohl ich keiner mehr von ihnen bin, zieht es mich zur Uniform und ich muss mir eingestehen, dass ich mich längst entschieden habe. Für diese eine Sache werde ich sie ein letztes Mal tragen.

Der Stoff gleitet kühl und weich über meine Haut, schmiegt sich an, ohne einzuengen, dehnt sich bei Bewegungen mit, behindert mich nicht. Es tut gut, sie wieder zu tragen. Die Boots folgen, die Schwerter spanne ich auf den Rücken, samt Scheide. Mein Blick fällt auf den Dolch, der auf dem Bett liegt. Ich hadere, ich habe Dolche nie benutzt oder gebraucht, aber aus irgendeinem Grund kann ich ihn da nicht liegen lassen, also schnappe ich ihn, hebe meine Hose und binde ihn an meiner linken Wade fest, bevor ich sie erneut darüber fallen lasse.

Ich bin bereit. Nun muss kann ich nur darauf hoffen, dass schnell feststeht, wo sich der Mistkerl auf der Venus genau versteckt, denn die Ländereien der Königsfamilie sind riesig.

Mein Zimmer lasse ich hinter mir, ich gebe niemandem Bescheid, das muss ich auch nicht, denn am Ende des Ganges steht Noah. Er mustert mich unverhohlen.

»Du solltest dich ausruhen.«

»Wieso stehst du hier?«

»Was denkst du wohl. Zu deinem Schutz.«

Beinahe muss ich lächeln, aber nur beinahe.

»Du sollst Faras umgehend informieren, sobald ich auch nur falsch atme, richtig?«

Sein Kiefer mahlt, er reckt das Kinn störrisch.

»Tu es, gib ihm Bescheid. Ich muss ohnehin mit ihm sprechen. Ich werde bei den Teleportern warten. Nimm Harú mit und begleitet Faras.« Die letzten Worte spreche ich, während ich bereits an Noah vorbeigehe. Ich warte nicht auf eine Antwort.

Bis ich an der Tür zu den Teleportern ankomme, hat Noah Faras mit Sicherheit längst informiert. Ich tigere auf und ab, werde mit jeder Minute, die verstreicht, unruhig und verliere das Zeitgefühl. Aber ich werde nicht panisch, denn ich habe einen Plan. Wenn Malik Alain ins Boot geholt hat, den ich ohnehin nie für besonders klug erachtet habe und der sich leicht locken lässt, dann hat er damit seine ganze Familie in Gefahr gebracht. Ihr Ruf steht auf dem Spiel und dem König der Venus ist nichts wichtiger als Charme, Liebe und sein Ruf. Auch nicht sein eigener Sohn.

Faras, Harú und Noah kommen in mein Sichtfeld. Faras habe ich nie so gesehen, mit chaotischem Haar, falsch geknöpften Hemd. Er scheint komplett neben sich zu stehen.

»Bist du wahnsinnig?«, fährt er mich an, während Harú und Noah schweigend neben uns zum Stehen kommen. »Du solltest dich ausruhen und schlafen. Du hattest sogar innere Verletzungen, die geheilt werden mussten. Du hast innerhalb kurzer Zeit viel verloren, so wie ich, obwohl ich Kiras Verlust nicht ansatzweise nachempfinden kann.« Ich schlucke schwer, Faras ist in Rage, zeigt mit dem Finger auf mich. Er ist ganz er, ganz Freund, kein Stück König. »Was ist jetzt dein Plan? Verrätst du mir das? Es ist verdammt früh und du hast verdammt wenig geschlafen und ich kann nicht fassen, dass ich gerade dieses Gespräch mit dir führe.« Er rauft sich kurz die Haare. »Lynn würde mich umbringen«, nuschelt er, aber ich kann es hören. Er schiebt die Haare wieder zurecht, so ordentlich wie es geht, reibt sich die Augen. »Was ist der Plan?«

»Wisst ihr, wo genau Malik ist?«

Faras zögert.

»Sag es mir.« Ich baue mich vor ihm auf, es macht Harú und Noah sichtlich nervös.

»Du bringst mich in eine äußerst prekäre Lage und ich weiß nicht, wie und ob ich wieder hinausfinde. Ja, ich weiß, wo er ist. Mithilfe des Pluto konnten wir verschiedene Informationen einholen. Es gibt ein Haus und eine Hütte, die infrage kommen. Das Haus ist unbewohnt, aber Personal ist stets anwesend. Die Hütte ist keine öffentliche Urlaubsresidenz, sie ist nicht registriert. Sie gehört dem König, liegt versteckt …«

»Die Hütte also.«

»Ja«, sagt er gedehnt, während wir uns mit Blicken messen.

»Er könnte schon fort sein.«

»Oder er ist es so leid wie ich oder wartet noch auf seine Attentäter. Egal wie, ich habe keine Zeit. Ich muss die Teleporter benutzen.«

Faras lacht auf. »Das ist nicht dein Ernst. Du willst doch nicht ernsthaft im Palast der Venus landen und von dort aus den Sohn der Königsfamilie jagen? Es ist übrigens ein einstündiger Fußmarsch bis zu der Hütte.«

Ich schlucke schwer, bleibe stumm.

»Das ist dein Plan, oder?«, fragt er ungläubig. »Wie soll ich das dem Königspaar erklären?«

»Malik ist ein Verräter und Verbrecher. Sag ihnen, dass du aus glaubhaften Quellen weißt, dass Malik sich nicht nur auf der Venus befindet, sondern sich mit ihrem Sohn verbündet hat, der ihm Schutz bietet in der Urlaubshütte des Königs. Sag ihnen, dass ihr Sohn nicht belangt wird und weder sie noch ihr Volk in ein schlechtes Licht gerückt werden, wenn sie uns helfen.« Mit jedem weiteren Wort entgleiten seine Gesichtszüge mehr. »Ich brauche ihre Teleporter. Harú und Noah begleiten mich. Sie werden Alain suchen oder falls nötig im Palast bewachen, bis alles erledigt ist. Der König wird so freundlich sein, mir zu zeigen, wie ich zu dieser Hütte komme.«

»Nehmen wir an, ich sage Ja und nehmen wir an, das Königshaus lässt sich darauf ein und ich provoziere keinen Krieg. Soll ich dich allein zu Malik schicken?«

»Ja. Ich gehe allein. Das ist meine Aufgabe, nicht deine und nicht Menuas.«

»Neben all diesen Gefallen willst du, dass ich dir wissentlich freie Hand lasse, bei der Suche und Ermordung von ihm, obwohl ich nun, da ich weiß, wo er ist, einfach seine Verhaftung und gerechte Verurteilung anstreben könnte?«

Ich antworte ihm nicht, ich bin zum Zerreißen angespannt. Faras' Brust hebt und senkt sich in hohem Tempo, zeugt von seiner Rage, genau wie seine wütende Miene.

»Du weißt, ich hasse ihn ebenso, und du weißt, ich habe dir deine Rache gelassen, aber das …« Er sieht Harú und Noah an, wieder mich und zurück.

»Dies ist kein Befehl. Wenn ihr das für Juri tun möchtet, tut es.«

Noahs Blick geht zu Harú, der die Stirn in Falten legt. »Ich werde Juri begleiten und tun, was nötig ist. Noah ebenfalls.« Er widerspricht nicht. Faras nimmt es zur Kenntnis, reibt sich über das Kinn und starrt mich an.

»Und ich werde diesen Irrsinn in die Wege leiten. Bete, dass der König es gut aufnimmt und nicht als kriegerischen Akt. Bete, dass er von der Dummheit seines Sohnes überzeugt ist und von Maliks Tücke.«

Kapitel 24

Lynn

Ich weiß es wieder.

Ich bin nicht dazu bestimmt, hier zu sein. Festgebunden an den Himmel, das Universum und die Ewigkeit. Jetzt weiß ich es: Ich bin kein Stern, er ist nur meine Hülle. Ich bin ich. Ich war ein Mensch. Ich war ein Sternenkind.

Ich bekam nie die Chance, ganz zu sein. Ich war immer Teil von etwas, zu dem ich nie gehören durfte – Ich bin ein Teil von dir geblieben. Und ich habe einen Teil von dir mit mir genommen. Deshalb flackert mein Licht – flackert und flimmert. Es ist im Ungleichgewicht.

Der Stern um mich beginnt zu bröckeln.

Kapitel 25

Manche Dinge enden – auf die ein oder andere Weise.

Juri

Es dauerte seine Zeit und ich musste mich in Geduld üben, bis Faras in der Halle zu uns stieß. Hier gewartet zu haben, eine gefühlte Ewigkeit auf und ab gegangen zu sein, war nervenzehrend. Besonders ohne zu wissen, welche Nachricht er überbringen würde.

Faras eilt die Treppenstufen herunter, hat mittlerweile sein Hemd richtig geknöpft und bleibt abgehetzt vor uns stehen.

»Es ist frühmorgens und ich habe das Bedürfnis, einen Drink zu nehmen«, ächzt er und stemmt die Hände in die Hüfte.

»Ich war im Konferenzraum, habe per Videoübertragung mit ihm reden können, was nicht einfach war. Zum einen hasse ich es wegen der zeitverzögerten Übertragung, zum anderen hat es König Jaroh wenig amüsiert, dass ich ihn nicht nur gestört habe, bevor er sein Lieblingsfrühstück zu sich nehmen konnte, sondern danach auch – nun ja, ihm eben den Rest gesagt habe. Hätte ich vor ihm gestanden, hätte er mich vermutlich abführen lassen. So hat er nur zweimal vor Wut die Verbindung gekappt«, beklagt sich Faras und war sichtlich genervt, besonders von dem nahezu kindischen Verhalten des Königs, das zu unserer unsicheren und angespannten Lage hinzukommt.

»Harú, Noah, ihr werdet erwartet und bleibt im Palast als Gäste. Der König sucht bereits nach seinem Sohn. Wenn er ihn findet, seid ihr bevollmächtigt, ihn in eure Obhut zu nehmen. Darauf habe ich sein Wort.« Er wendet sich mir zu.

»Du darfst ebenfalls die Teleporter benutzen, obwohl man auf dich weniger gut zu sprechen war. Der König kocht gerade wegen seines Sohnes über vor Wut, weshalb er bei dir wohl nachsichtiger war, er hat es nur zehn Mal abgelehnt, bevor ich ihn überzeugen konnte.«

»Er ist furchtbar nachtragend.«

»Sag dazu besser nichts«, mahnt Faras. »Er hat mir im Gegenzug das Versprechen abgenommen, dass bei dieser Geschichte kein Wort über die Königsfamilie verloren wird. Sie waren nicht involviert. Alain ist mit eingeschlossen.«

Meine Gesichtszüge entgleiten mir, ohne dass ich es verhindern kann. Aber Alain ist nun wirklich ein kleiner Preis, wenn ich Malik dafür bekommen kann.

»Es ist nicht schön, aber er versicherte mir, man würde die Angelegenheit intern regeln. Besonders die Sache mit dem Abfüllen des Aphrodisiakums machte ihm, neben der Beihilfe, zu schaffen. Nach diesem Gespräch bin ich davon überzeugt, Alain ist genug gestraft.« Faras verzieht das Gesicht.

»Ein Gleitflugzeug wird dich in die Nähe der Hütte bringen, so nah wie möglich. Es wird direkt an der Teleportationshalle auf dich warten. Wir hoffen, Malik ist dort geblieben. Der König hat über eine Verurteilung seitens der Venus verhandelt, was ich verhindern konnte. Malik gehört dir.« Faras ist bemüht, sich nicht zu bewegen. Er strengt sich zu sehr an.

»Was hast du ihm noch versprochen?«, frage ich skeptisch.

»Nichts, was es nicht wert wäre. Oder gäbe es einen Preis, den du jetzt und hier nicht bezahlen würdest?« Provokant tritt er weiter auf mich zu.

»Den gibt es immer. Das weißt du genau.«

»Diesen nicht.«

»Was ist es?«

»Die Venus wird nach Beendigung … dieser Angelegenheit«, er räuspert sich, unterbricht sich damit selbst. »Das Königshaus wird als Held in dieser Sache gefeiert, für besondere Mithilfe zur Ergreifung des Verräters.«

Es ist anmaßend und so falsch, dass mir schlecht wird. Am liebsten würde ich schreien, dass sie das vergessen können und dass ich Alain ebenso in Stücke reißen werde, wenn ich ihn finde. Aber Faras hat recht, der Preis an diesem Punkt, an dem ich mich befinde, ist hoch und sosehr ich es verabscheue, das ist einer, den ich zahlen kann.

Also presse ich die Zähne zusammen und erwidere nichts.

»Falls Alain bei Malik ist, lass ihn gehen.« Ich bin nicht imstande, das zu bestätigen.

»Hörst du? Lass ihn gehen und gib deinen Impulsen nicht nach. Tu es für mich.«

Es fällt mir schwer, aber ich schaffe es, ein *okay* auszusprechen.

»Geht.« Faras sieht uns nacheinander an. »Und seid vorsichtig.«

Wir kommen an, die Energie der Teleporter versiegt. Beinahe mechanisch trete ich aus ihrem Zentrum, bewege mich wie ferngesteuert. Diese Halle ist gigantisch, die Decke aus Glas, die Wände erstrahlen in bunten Farben. Eine Mischung aus Effizienz und Ästhetik. Etwas, das hier auf der Venus sehr geschätzt werden.

Hier herrscht reges Treiben, die Halle ist viel mehr integriert und deshalb ist sie besser bewacht.

Man begrüßt uns, mir wird der Weg zu dem bereitgestellten Gleiter gezeigt, Harú und Noah werden angewiesen, der Wache zu folgen.

»Viel Glück«, sagt Noah. »Versau es nicht«, ist Harús Kommentar, bei dem er leicht verrückt grinst, und ich weiß, wie er es meint. Scheißegal, was mit Malik passiert, wehe, wir sehen uns morgen nicht.

»Danke. Ich versuche es. Hoffentlich findet ihr den kleinen Prinzen«, wobei ich Letzteres durchaus abwertend betone und es ist mir gleich, dass mich hier jeder hören kann.

Die beiden entfernen sich, ich haste Richtung Ausgang, denn die Gleiter stehen neben der Halle auf einem separaten Landeplatz. Ich kann ihn nicht verfehlen und nur ein Fluggerät steht bereit, also steuere ich darauf zu und der Mann davor begrüßt mich sofort.

»Seid Ihr der Mondkrieger, den ich in den Nordwald bringen soll?«

»Ja, das bin ich. Ihr seid der Pilot?«

»So ist es. Lasst uns losfliegen.« Er vertrödelt keine Zeit, senkt eine Handfläche auf die metallische Außenfläche des Fluggerätes und mit einem leisen Summen gleiten die Türen auseinander. Er steigt ein, ich tue es ihm gleich, er vorne, ich hinten. Der Motor startet, erst laut, dann wird er immer leiser, bis er fast nicht mehr zu hören ist. Diese Art der Gleiter sind nahezu unerschwinglich, Menua kann sie sich nicht leisten.

»Wir fliegen nicht lange, nur wenige Minuten. Ich werde Euch so unauffällig wie möglich absetzen und verschwinden. Neben Euch liegt ein kleiner Sensor, kaum größer als eine Münze und sehr robust. Man kann ihn aufklappen und damit ein Signal senden. Falls etwas sein sollte. Wir wurden ausdrücklich angewiesen, vorher nichts zu unternehmen. Erst nach Ablauf einer gewissen Frist.« Sein Ton ist emotionslos, er teilt mir nur Informationen und Befehle mit. Er fliegt los, ich lasse das Gesagte sacken, verstaue den Sensor und bereite mich mental auf das vor, was mich in wenigen Augenblicken erwarten könnte. Schweigend betrachte ich die Landschaft unter mir, schaue aus dem Fenster.

Der Pilot hat nicht untertrieben, es kommt mir vor, als wären wir gerade erst abgehoben, da wird der Flieger langsamer und er gibt mir zu verstehen, dass es so weit ist. Dass ich mich bereit machen soll.

»Von hier aus ist es ein einfacher Fußmarsch. Die Hütte befindet sich hinter dem Hügel, in dem Wald.« Er zeigt mit dem Finger darauf. »Denkt an den Sensor.«

»Danke.« Ich bin kurz angebunden, bin aufgewühlt und möchte meine Konzentration, meinen Fokus nur ungern verlieren.

Der Pilot betätigt ein Leuchtfeld, die Türen gleiten auf und ich erkenne, dass wir nicht gelandet sind, sondern knapp über dem Boden schweben. Mit einem Satz springe ich hinaus und lande sicher, ohne Probleme. Die Türen schließen sich, der Gleiter fliegt davon, leise und schnell.

Die Umgebung wirkt ruhig auf mich, unscheinbar. Der Ort hier war perfekt gewählt von Malik, der Wald und der kleine genannte Hügel versperren die Sicht hierher. Falls er noch da ist, müsste er einige Meter vor seinem Versteck stehen und genau in diese Richtung blicken, um mich zu entdecken. Unwahrscheinlich.

Ich prüfe den Sitz meiner Schwerter und der Uniform, dann eile ich los. Schnellen Schrittes komme ich meinem Ziel immer näher und muss mich ermahnen, nicht zu rennen, meine Energien nicht zu vergeuden und wenigstens einen Funken Geduld aufzubringen.

Ich winde mich zwischen den Bäumen entlang.

Die Hütte kommt in mein Blickfeld und ich muss jegliche Emotion wegschließen, weil ich nicht weiß, was sie mit mir machen würde. Ich will klar denken können.

Ab jetzt werden meine Bewegungen bedachter, ich bin aufmerksamer. Eine zu frühe Warnung wäre nicht nützlich, weil ich nicht sicher sein kann, dass Maliks Motivation, wegzulaufen und Spielchen zu spielen, wirklich erloschen ist. Den Gedanken, er könne nicht hier sein, lasse ich nicht zu.

Ich bin so nah dran.

Auf den letzten Metern ducke ich mich und spüre eine Welle der Vorfreude und des Adrenalins in mir. Ich höre Stimmen. Er ist da. Meine Hände sind zu Fäusten geballt, als ich vorsichtig die Treppenstufen hochsteige und mich schnell gegen die

Wand neben der Tür presse. Am liebsten würde ich sofort die Tür herausreißen, hineinstürmen und über Malik herfallen wie ein wildes Tier. Ihn zerfetzen und ihm alles heimzahlen, was er mir angetan hat.

Stattdessen lausche ich, nehme kurz Abstand von der Wand, damit ich vorsichtig meine Schwerter ziehen kann. Anschließend presse ich meinen Rücken sofort wieder dagegen. Ich spüre unerwartet ein leichtes Ziehen in meiner Brust, als ich die Schwerter betrachte und mir klar wird, dass sie nie wieder leuchten werden. Kira ist weg und mit ihr mein Licht.

»So sieht also deine Definition von ›Ich habe alles gut geplant‹ oder ›Nichts kann schiefgehen‹ aus?« Alain. Die Ader an meinem Hals pulsiert, mein Kiefer mahlt.

»Aber, aber! Lieber Prinz, das war nicht meine Absicht. Manchmal gelingen Dinge eben nicht.«

»Meine Eltern werden zuerst mich fertigmachen und danach Euch. Vielleicht auch andersherum! So oder so, Ihr werdet mit mir dran glauben«, wütet Alain. »Obwohl«, setzt er deutlich ruhiger an. »Wenn ich es mir recht überlege, habe ich nichts getan, oder? Ihr seid in die Hütte hier eingebrochen. Wer würde Euch etwas anderes glauben?« Ein glockenhelles Lachen erklingt, bevor etwas laut und unangenehm über den Boden schabt und Malik zu toben beginnt.

»Du kleiner Wicht! Wie kannst du es wagen?«

Das ist genug. Sosehr ich es genießen würde, wenn er Alain verprügelt, meine Geduld ist fort. Ich kann nicht mehr.

Ein letztes Mal ziehe ich kontrolliert und ruhig Luft durch die Nase ein, schließe die Augen, sehe Lynn vor mir, Tia und Kira. Der Griff um meine Schwerter wird fester. Ich mache die Tür nicht auf, ich trete sie ein und Alains Schrei verleitet mich beinahe dazu, aufzulachen. Er stolpert über den kleinen Tisch hinter ihm und landet auf seinem königlichen Hintern.

»Alain, verschwinde.«

»Du … du …«

»Sofort!«, schreie ich und er rappelt sich hoch, folgt mit ruckartigen, ungelenken Bewegungen meinem Befehl, kriecht und stolpert an mir vorbei. Er ist mir gleich. In diesem Moment zählt nur Malik.

Er grinst nicht. Er lacht nicht. Keine Regung zeichnet sein Gesicht, aber seine Augen zeigen so viel Bosheit, dass es mir den Atem verschlägt.

»Dann ist es wohl so weit.« Seine Stimme ist gefasst. Ruhigen und bedachten Schrittes geht er zu dem Sitz auf der linken Seite der Hütte, auf dem seine Schwerter liegen. Seine sind länger als meine, breiter.

Er war mein Lehrer.

Gekonnt schwingt er sie, bringt sich in Stellung.

»Du hättest nie eingesehen, dass deine Wahl falsch war. Du hast dich blenden lassen und willst dir auch jetzt nicht darüber klar werden.« Er schüttelt ungläubig den Kopf, aber ich sehe es ihm an, es ist mehr gespielt, als dass es echt ist.

»Hör auf zu reden. Keines deiner Worte wird etwas ändern. Du hast alles falsch gemacht, was man falsch machen konnte. Mehr noch, du hast deine persönliche Rache über das Wohl anderer gestellt.«

Er lacht so laut, dass ich verwundert bin.

»Redest du von mir oder von dir? Hast du nicht das Gleiche getan? Hast du nicht alle und jeden geopfert?«

Ich will das nicht hören.

»Das stimmt nicht. Ich habe nur dich gesucht. Du hast Jim getötet. Du warst es. Du hast Lynn getötet und die Königsfamilie, und mit ihnen so viele Unschuldige.« Die Schwerter in meinen Händen beben, lenken Maliks Aufmerksamkeit darauf – und damit auf meine Handgelenke.

»Ah, ich sehe schon. Die Attentäter haben dich nicht erwischt, das war mir klar, als sie vorhin nicht zurückkamen.

Ein paar Stunden hätte ich ihnen noch gegeben, doch da du nun hier bist.« Er zuckt mit den Schultern. »Aber sie haben deinen Schoßhund erwischt, wie ich sehe.« Seine Zähne blitzen auf und ich tue genau das, was ich nicht tun sollte. Das, was er erwartet.

Ich raste aus.

Meine Füße stemmen sich in den Boden, geben mir Schwung und währenddessen teleportiere ich mich. Malik weicht mir aus, sodass ich die halbe Hütte in Schutt und Asche lege, statt ihn zu zerteilen. Er reagiert schnell schwingt das rechte Schwert über seinen Kopf und lässt es auf mich zusausen, während ich in der Drehung bin. Ich muss weit oben dagegenhalten, die Deckung ist verloren, er schwingt das andere Schwert nach, das Anzeichen ist da, bevor ich es sehe, weil der Druck am anderen nachlässt.

Mondstein kracht auf Mondstein. Keine der Klingen wird nachgeben.

Er teleportiert sich, seine Bewegungen sind beinahe lautlos. Aber er verfällt in alte Muster, die mir helfen, die meisten seiner Angriffe ohne Probleme abzuwehren.

Schlag.

Schlag.

Angriff.

Abwehr.

Drehung.

Deckung.

Alles ist gut.

Bis er mich überrascht.

Er deutet den Schlag an, ohne ihn zu vollenden. Das kostet Kraft. Er leitet das Schwert um, dreht sich und ist auf einmal an meiner Seite, statt vor mir. Das zweite Schwert schlitzt mir, ohne dass ich es verhindern kann, den rechten Oberschenkel auf. Ich fluche, weil es höllisch brennt. Der Schnitt ist nicht tief, der Muskel ist nicht durchtrennt, höchstens angeschnitten. Das Bein hält die Belastung noch aus, aber sie macht mich langsamer. Ich setze nach, ducke mich und schwinge die Schwerter schnell nacheinander, was ihn kurz aus dem Gleichgewicht bringt. Er teleportiert sich erneut, bringt sich aus der Angriffszone heraus.

Wir richten uns beide auf und atmen schwer.

Mein Bein pocht, aber ich sehe, wie ihm das Blut an der Flanke entlangläuft. Ich habe ihn erwischt und das lässt mich grinsen. Er verzieht das Gesicht zu einer Grimasse und vergeudet keine Zeit. Sein nächster Angriff erfolgt schneller, härter und wütender als zuvor.

Wir kämpfen uns durch das Haus, nehmen es auseinander, Stück für Stück geht alles in die Brüche.

Wir sind uns dabei ebenbürtig. So wenig wie Malik einen Treffer landen kann, schaffe ich es.

Er muss müde werden!

Malik kontert, seine Schwerter drücken gegen meine.

»Lynn sah wirklich zauberhaft aus in diesem roten Kleid.« Seine Worte treffen mich. Anders als der Schnitt durch sein Schwert. Aber sie treffen mich.

Ein neuer Schlag, ich halte dagegen.

»Rot! Als hätte das Universum Sinn für Humor, findest du nicht?«

Ein Schrei löst sich aus meiner Kehle und ich lege all meine Kraft in den nächsten Angriff, schlage auf Malik ein, immer wieder, während er nur abwehrt. Etwas sagt mir, dass er mich ebenso müde machen will wie ich ihn, und dass er es gerade schafft, aber das interessiert mich in diesem Moment nicht. Mein Kopf hat sich ausgeklinkt.

Er holt aus, trifft mein rechtes Schwert im richtigen Winkel, sodass ich es verliere. Er schlägt es mir kraftvoll aus der Hand, es wird zu Boden geschleudert und ich muss den nächsten Angriff mit nur einem Schwert abwehren.

Keuchend stehe ich da, meine Uniform trieft vor Schweiß, aber es beruhigt mich zu sehen, dass es Malik nicht besser ergeht.

Abgesehen von der Sache mit den zwei Schwertern.

In einer fließenden Bewegung lasse ich mein Schwert in die rechte Hand wandern, mit der ich besser führen kann, und balanciere mit der linken aus.

»Sie hatte wirklich weiche Haut und roch so gut. Ich verstehe, was du an ihr gefunden hast. Wirklich, das tue ich.«

Mein Kiefer schmerzt so sehr, fester kann ich ihn kaum zusammenpressen. Ich will die Worte ignorieren, aber sie wiederholen sich immer wieder in meinem Kopf, bis sie alles verschleiert haben und die Wut sich mit all der Trauer in mir mischt.

Wir kämpfen ewig so weiter, er provoziert und er weiß um meine Schwächen. Ich blute überall, Malik hat nur vereinzelt Verletzungen. Mein zweites Schwert ist nicht erreichbar. Bei jeder Bewegung und jeder Teleportation kam er mir zuvor, war schneller. Bei der letzten habe ich mir den Schnitt am Arm zugezogen. Tief, präzise. Jetzt macht es keinen Sinn mehr, ich könnte das Schwert nicht mehr sicher führen.

Malik materialisiert sich vor mir, täuscht an und lässt sein rechtes Schwert fallen. Der Trick ist offensichtlich und ich falle darauf rein, ich folge dem Schwert, nicht seiner Hand und seine Faust trifft mich so hart, dass ich kurz schwarz vor Augen sehe. Es knackt laut, keine Ahnung, ob es in meinem Gesicht war oder sein Handgelenk. Den nächsten Hieb kann ich samt Schwert nur mit Mühe blocken.

Eine neue Teleportation, ich will es ihm gleichtun, aber er reißt mich, kurz bevor ich weg bin, von den Füßen, rammt mich mit seinem ganzen Körper zu Boden und ich fluche laut, stoße kraftvoll die Luft aus, weil der Druck auf meinem Oberkörper gigantisch ist. Mein anderes Schwert entgleitet mir beim Aufprall, weil meine Hand voller Schweiß und Blut ist und der Griff das nicht länger kompensieren kann. Nicht so schwach, wie ich es hielt. Also schlage ich mit den Fäusten zurück, teleportiere mich hinter ihn – und pralle unerwartet auf dem Rücken auf, statt auf den Füßen zu landen. Er hat mich sofort mit Schwung nach unten befördert und jetzt ragt er über mir auf, bewaffnet mit einem seiner Schwerter und absolut überlegen.

»Es ist vorbei«, keucht er. Ja. Wir beide halten nicht mehr lange durch. Aber ich werde nicht einfach aufgeben!

Er will das Schwert in mir versenken, aber ich rolle mich zur Seite, greife nach dem Dolch an meinem Bein und sammle Kraft. Eine letzter Teleport. Einer noch.

Malik rafft sich auf, ist auf den Knien.

Ich schwinge den Dolch und …

Wir keuchen Gesicht an Gesicht. Seine Augen zeigen Erstaunen und ich gebe dem Lächeln nach, das sich auf meinem Gesicht bilden möchte. Erleichterung. Es ist Erleichterung, die mich durchdringt, als ich Maliks Brust an der rechten Hand spüre, den Stoff und das Blut, das über meine Hand läuft. Warm, klebrig. Der Dolch steckt tief in ihm, hat wahrscheinlich eine Seite seines Herzens durchbohrt.

»Das ist für Lynn«, speie ich ihm entgegen, dann drehe ich den Dolch und er schreit auf vor Schmerz. »Das ist für Kira, du elender Scheißkerl!« Er röchelt, Blut läuft aus seinem Mund. Er driftet weg, nimmt mich nicht länger wahr.

Es ist getan, und vor Glück darüber will ich tief einatmen – aber es geht nicht.

Der Schmerz setzt ein, explodiert in mir und ich verstehe nicht ganz, was passiert ist, woher er kommt. Bis ich meinen Blick senke …

Mein Lachen wird zu einem Husten und der Schmerz, der mich durchzieht, ist so heftig, dass ich nicht weiß, wie ich ihn aushalten soll. Maliks Mondsteinklinge steckt bis zum Anschlag in mir, nein, wahrscheinlich hat sie mich durchdrungen. Ich schmecke Blut, ich kann kaum atmen.

Niemand wird mich retten können.

Das ist okay.

Ich habe mein Versprechen gehalten. Malik ist tot.

Sein Grinsen verschwindet, als sein Körper sich direkt vor mir auflöst und der Dolch aus meinen Händen scheppernd zu Boden fällt. Ohne Maliks Halt drohe ich, samt Schwert vornüberzukippen.

Meine Augen schließen sich.

Es ist okay, sage ich mir. Es ist geschafft.

Jetzt werde ich dich suchen, Lynn …

Kapitel 26

Lynn

Ich erlösche und zerfalle. Ich bin bei dir.
Ich war es immer und werde es immer sein …

Epilog

Menua, man schreibt das Jahr 2944. Der Planet ist an seiner Geschichte gewachsen, die Sternenkinder ebenso. Das Königshaus blieb erhalten.

Und irgendwo in einem kleinen Haus, am Rande Menuas, sitzt gerade eine Mutter an der Kante eines einfachen Bettes und versucht, ihre Tochter zu beruhigen.

»Es wird alles gut werden, mein Schatz. Keine Sorge.« Sie streicht ihr liebevoll über den Arm, an der Stelle, an der um Mitternacht ihr Sternbild prangen wird.

»Ich weiß. Es ist nur …«

»Etwas Neues bringt immer Veränderungen mit sich?«, schlägt ihre Mutter vor und lächelt zaghaft.

»Nein, das ist es nicht.« Fieberhaft versucht das Mädchen, das in wenigen Augenblicken siebzehn wird, seine Gefühle in Worte zu fassen. Die Finger des Mädchens vergraben sich dabei in der dünnen Decke, die auf ihr liegt.

»Ich denke, ich habe Angst. Aber nicht vor dem Sternbild, dem Erwachsenwerden oder dem Schmerz. Was ist, wenn …«

»Wenn du einen Begleiter bekommst, von dem du denkst, er passt nicht zu dir?« Die Mutter verkneift sich ein liebevolles Lachen, während ihre Tochter leicht errötet und ertappt wirkt.

»Irgendein Insekt oder … oder etwas Schleimiges?!«, gesteht sie kleinlaut.

»Du meinst wie Mimm?«, fragt ihre Mutter leise, ohne ihr einen Vorwurf zu machen. Mimm ist ihr Seelentier, eine kleine Natter, und sie ist eine der süßesten Schlangen, die es gibt. Sie ist freundlich und verschmust, wenn auch etwas gruselig, denn man hört sie nie und jeder erschreckt, wenn sie auf einmal da ist.

Sie denkt über die Frage ihrer Mutter nach und schämt sich augenblicklich für ihren Gedanken.

»Tut mir leid. Natürlich nicht Mimm, wir alle lieben sie. Und ich weiß, jedes Lebewesen hat es verdient, geliebt zu werden und zu leben.« Etwas, das ihre Mutter ihr beigebracht hat. Ein Wert und eine Weisheit, die sie immer begleiten soll. Niemand ist grundsätzlich weniger wert als jemand anderes.

»Dein Begleiter wird zu dir passen. Er ist schließlich ein Teil von dir. Er steht schon fest, nur weißt du es noch nicht. Er ist ein Teil deiner Seele. Er spiegelt dich. Nicht zwingend seine Form, seine Gestalt, sondern sein Wesen. Er wird ein Stück deiner selbst sein, dass du ab diesem Moment außerhalb tragen kannst und wirst. Er wird dich verwundbar machen und gleichzeitig stärker. Sei zuversichtlich. Du hast ein gutes Herz.«

»Hab Mut im Herzen und Liebe in der Seele«, platzt es aus ihr heraus, augenblicklich hält sie sich erschrocken die Hände vor die Brust und ihr Herz beginnt, schneller zu pochen, ohne dass sie sich erklären kann warum. Sie runzelt die Stirn, schaut ihre Mutter verwirrt an.

»Genau«, lacht diese freudig. »Woher hast du diesen schönen Spruch, Lynea?«

»Ich weiß es nicht«, wispert sie.

»Gleich ist es so weit. Bist du sicher, dass nur ich hierbleiben soll? Dein Vater und deine zwei Brüder sind sehr aufgeregt.«

»Ja, ich denke schon. Ich weiß nicht, was mich erwartet und Kian ist …« Sie seufzt. Jedes Mal, wenn sie versucht, ihren älteren Bruder zu beschreiben, will es ihr nicht gelingen.

»Schelmisch?«, versucht es ihre Mutter.

»Noch immer viel zu kindisch?« Sie fangen an zu lachen, die Anspannung löst sich für wenige Sekunden und das fühlt sich unendlich gut an.

»Komm, lass uns die Decke zur Seite legen.« Ihre Mutter greift danach, steht mit ihr auf und legt sie zusammen. Sie schiebt sie ordentlich in ein Fach von Lyneas Kleiderschrank.

»Und du möchtest auch nicht nach draußen?«

Lynea schüttelt den Kopf, verzerrt ihr Gesicht dabei und pustet sich eine wilde Strähne ihres lockigen blonden Haares aus dem Gesicht.

»Nein«, entgegnet sie. »Mir geht es nicht gut.«

»Es geht gleich los.« Ihre Mutter strahlt, geht zu einem Fenster ihres Zimmers und reißt es auf. Es ist Nacht, tiefste Nacht. Die Sonne würde erst in einigen Tagen wieder scheinen.

»Willst du, dass ich ganz Menua aufwecke?«

»Dein Licht werden sie sowieso sehen. Die frische Luft wird dir guttun. Warte es ab, gleich wirst du mir dankbar sein.« Mit diesen Worten kehrt sie zurück zu Lynea und legt ihre Hand auf ihre Stirn, strahlt sie an.

»Keine Angst. Du wirst deinen Begleiter lieben und er wird nicht anders können, als dich ebenso zu lieben. Wer könnte das nicht? Alles Gute, mein Schatz, alles Gute«, wispert sie und kurz darauf bricht Lynea der Schweiß aus. Hitze durchströmt sie und sie versteht, warum ihre Mutter das Fenster aufgemacht hat. Sie beißt sich auf die Lippe, sie will nicht schreien. Ihre Mutter greift nach ihrer Hand und sie lässt es zu und drückt sie so fest sie kann. Ihr Handgelenk leuchtet auf, die Umrisse des Sternbildes setzen sich fest, erstrahlen und erhellen den Raum. Von da breitet es sich aus, das Licht, die Hitze, und zieht durch Lyneas Körper, bis es nirgendwo mehr hinkann und aus ihr herausbricht. Ihr Rücken biegt sich, sie bäumt sich auf und sie kann diesen einen Schrei nicht unterdrücken. Ihre Mutter hält die Augen geschlossen, versucht sie zu schützen vor dem Mond- und Sternenlicht, das ihre Tochter umgibt.

Kurz darauf kippt Lynea zurück, ihr Atem rast und ihre Haare kleben in ihrem Gesicht, während ihre Mutter die eine

Träne nicht aufhalten kann, die über ihre Wange rollt, und plötzlich aufkeucht.

Lynea spürt den Druck auf ihren Beinen, ihr Handgelenk brennt und ziept zugleich. Das Echo des Schmerzes und der kurzen, aber intensiven Anstrengung hallt in ihr wider. Sie zählt still bis drei, bevor sie die Augen öffnet.

»Hey«, sagt sie gerührt und sieht ihren Begleiter freudig an. Dieser beginnt zurückzulächeln und verrät ihr seinen Namen. Sie kann nicht anders, als ihn in den Arm zu nehmen.

Ihre Mutter hingegen verlässt eilig den Raum, nicht nur, um ihrer Tochter Freiraum zu geben, sondern weil auch sie ihn benötigt. Ihr Herz rast, ihr Körper zittert und bebt.

»Das ist unmöglich«, haucht sie leise vor der Tür Lyneas zu sich selbst. Sie gibt sich einen Ruck, rauscht hinunter ins Wohnzimmer, in dem ihr Mann und ihre Söhne samt ihren Begleitern ungeduldig warten. Freudig blicken sie ihr entgegen.

»Ist alles in Ordnung? Ist alles gut gegangen?« Ihr Mann erhebt sich sofort, er vergöttert Lynea und war voller Sorge.

»Ja«, erwidert sie erstickt. »Es geht ihr gut. Aber für heute braucht sie Ruhe. Morgen werdet ihr mit ihr reden können und unser neues Familienmitglied kennenlernen.«

»Ach, komm schon! Du willst uns nichts sagen?«

»Geh ins Bett, Kian. Nimm deinen Bruder mit. Wenn du auch nur in die Nähe des Zimmers deiner Schwester kommst, wird das Konsequenzen haben. Hast du mich verstanden?« Ihre Stimme ist leise, aber bestimmt. Sie klingt wütend, dabei gibt es dafür keinen Grund. Deshalb ändert sich Kians überraschter Ausdruck schnell in einen mürrischen, bevor er sich seinen Bruder schnappt und das Zimmer verlässt.

Ihr Mann kommt auf sie zu, mustert sie intensiv mit zusammengezogenen Augenbrauen.

»Ist wirklich alles in Ordnung? Du hast unseren Sohn eben ohne Vorwarnung ziemlich … Wie soll ich sagen? Du warst sehr wütend.«

Sie blickt ihm tief in die Augen.

»Erinnerst du dich an das Buch, das meine Mutter mir nach ihrem Tod vermacht hat?«

Er lacht auf. »Redest du von deinem Märchenbuch?«

»Nein!« Sie gibt ihm einen Klaps auf den Arm, bevor sie zum Schrank in der Ecke geht, in dem das Buch steht. Der Einband ist sehr, sehr alt und es hat ihrer Mutter so unendlich viel bedeutet. Sie zieht es heraus und riecht daran. Es duftet nach Papier, Staub und immer ein wenig nach ihr. Ein paar der Seiten sind lose, fast alle bereits vergilbt.

»Du weißt, wie viel es mir bedeutet und es ist wahrlich kein Märchenbuch, sondern die Geschichte Menuas.«

»Geschichten und Legenden wohl eher«, spottet ihr Mann, bevor er sich zurück auf das Sofa setzt.

»Es ist vor Hunderten von Jahren geschrieben worden und niemand weiß, wie meine Familie in seinen Besitz kam. Meine Mutter hat mir alte Geschichten vorgelesen, über Kriege, Verhandlungen, Sitten und Bräuche. Darüber, warum die Erdenkinder nicht wussten, dass es uns gibt.« Sie schlägt das Buch liebevoll auf. »Die Könige unserer Welt haben sich verewigt.« Sie ist voller Ehrfurcht.

Mitsamt dem Buch geht sie zu ihrem Mann und lässt sich neben ihm nieder.

»Eine davon war immer meine liebste.« Ihre Stimme bricht und ihr Mann, so wenig er an Legenden und alte Erzählungen glaubt, unterbricht sie nicht. »Ich habe sie dir nie erzählt, weil du dieses Buch hasst. Aber ich will sie dir heute erzählen. Dir eine Stelle daraus vorlesen.«

Und sie beginnt zu lesen: »*Die Zeiten haben sich zum Guten gewendet, der Frieden ist zurückgekehrt. Aber für diesen einen Sieg musste so viel geopfert werden.*

An dieser Stelle gelten meine Gedanken meinem treuen Freund Juri, der mehr verloren hat als wir anderen zusammen.

Sein Herz. Lunamea war ein Sternenkind, versehentlich großgezogen auf der Erde. Sie war das Kind meines Vaters und meiner Mutter und wir alle dachten, sie wäre tot. Doch niemand gab es auf, sie zu suchen und so fand Juri sie schließlich an ihrem siebzehnten Geburtstag, brachte sie zu uns nach Hause. Brachte sie in ihre Heimat.

Das Glück hielt nicht lange, denn durch Verrat und Missgunst verloren wir an einem Abend nicht nur meine Eltern, König und Königin Menuas, sondern auch Lynn. Juri liebte sie und sein Schmerz veränderte ihn, fraß ihn auf, ohne dass er es aufhalten konnte. Bis er am Ende sich selbst verlor. Ich kann es nicht vergessen. Ich kann weder ermessen, wie groß diese Liebe wirklich war, noch dass sie das Universum je zu brechen vermag.

Ja, es gab sie. Die Prinzessin, die keine sein wollte und die ihr Herz an einen Mondkrieger verlor, den sie nicht haben durfte. Es gab ihn. Den Krieger, der sie starben sah und Rache schwor. Und ihre Schutzgeister Tia und Kira, die ebenfalls zu Sternenstaub wurden. Die sie unendlich liebten. Waschbär und Luchs waren beste Freunde.

Ich schreibe diese Zeilen nieder in der Hoffnung, dass sie die Zeit überdauern. Unzählige Könige und Königinnen werden Menua regieren, unzählige Sternenkinder werden leben, kämpfen und lieben. Aber ich hege nur eine Hoffnung: Dass Juri und Lynn sich irgendwann wiederfinden und eine zweite Chance bekommen.

Die Ewigkeit ist nichts, wenn man liebt.

Faras, König von Menua.«

Als sie endet, ist es vollkommen still im Zimmer, lediglich ihr leises Weinen ist zu hören.

»Lunamea«, wiederholt ihr Mann. »Lynn.«

»Ja. Lynea. Weil ich diese Geschichte am meisten liebte und sie so tragisch schön war … unsere Tochter ist nach einer Prinzessin Menuas benannt, die vor mehr als neunhundert Jahren gelebt hat.«

»Das ist eine Legende«, beharrt er und nimmt ihr das Buch ab, legt es zur Seite, während sie ihre Tränen trocknet und sich räuspert.

»Möchtest du …«, sie schluckt schwer und schließt einen Moment die Augen. »Möchtest du nicht wissen, welchen Begleiter sie bekommen hat?« Ihre Stimme ist fest und klar, ihr Blick hält den seinen fest.

»Es ist ein Waschbär und ihr Name ist Tia.«

Einige Tage später verhalten sich noch immer alle im Haus komisch. Kian ist ungewohnt still, ihr Vater nachdenklicher als sonst und ihre Mutter überfürsorglich. Nur der Kleinste im Bunde ist wie immer. Lynea hält es nicht länger aus, sie verlässt das Haus, ohne Bescheid zu geben, und geht spazieren. In der Nähe ihres Hauses gibt es einen winzigen See, er gleicht eher einer großen Pfütze. Dort verbringt sie gerne Zeit, besonders während der Nachtphase. Die Sterne spiegeln sich im Wasser und geben ihr das Gefühl, sie wären überall und sie ein Teil von ihnen.

Heute nimmt sie das erste Mal Tia mit. Ihre Mutter hat recht behalten, sie liebte den Waschbären sofort und kann die Verbindung zu ihm auf gewisse Art und Weise spüren.

Tia leuchtet wunderschön.

Als sie am See ankommen, setzen sie sich an dessen Rand und schauen in den Himmel.

»Tia?«

»Ja«, antwortet sie leise.

»Ich hab das Gefühl, dass ich dich kenne«, sagt Lynea wage und runzelt die Stirn. »Klingt das blöd? Ich meine nicht, dass wir uns jetzt kennen, weil wir uns gesehen haben, sondern … etwas anderes. Es fühlt sich an, als würden wir uns wiedersehen.« Ausgesprochen findet Lynea ihre Worte albern, aber sie hätte keine anderen finden können.

Tia schmiegt sich an sie, flimmert und leuchtet dann heller.

»Ich weiß, was du meinst. Mir geht es ähnlich.«

»Meinst du, das ist normal? Weil wir zwei eins sind?«

»Das kann ich dir nicht sagen. Es tut mir leid.«

Als ein lautes Knacken ertönt, zucken Lyea und Tia zusammen und drehen sich um. Tia stellt sich sofort vor sie und ist aufmerksam. Ein anderer Begleiter wird sichtbar, sein Licht ist unverkennbar. Und ein junger Mann.

»Entschuldigt, ich wollte euch nicht erschrecken.«

»Schon in Ordnung«, erwidert Lynea, obwohl ihr eine Gänsehaut über die Arme fährt. Er kommt näher und sie schiebt ihr dickes Haar beiseite, um ihn besser sehen zu können. Er ist nicht auffällig angezogen, hat braunes Haar, soweit sie erkennen kann, und ein freundliches Gesicht.

»Darf ich mich zu dir setzen?«

Sie nickt, während Tia wieder auf ihren Schoß klettert.

»Ich habe dich hier noch nie gesehen«, setzt sie an und mustert ihn von der Seite.

»Ich komme auch nicht aus dieser Ecke. Ich brauchte eine Auszeit und irgendwie bin ich hier gelandet«, gesteht er. Lynea kann sich nicht vorstellen, wie man einfach irgendwo landet, ohne es vorher geplant zu haben. Sie plant Dinge gerne.

Sein Begleiter kommt näher, ein großes, schönes Tier, und setzt sich zu ihm. Im Schein des Lichts erkennt sie seine Züge und auf unerklärliche Weise wird sie davon gefesselt. Sie kann den Blick nicht lösen, sie ist gefangen, etwas schnürt sich um ihre Brust und zieht. Sie keucht, ihr Herz tobt und sie erkennt, dass er es auch fühlen muss. Seine Augen sind aufgerissen, sie sind braun, sie merkt es, sein Atem rast, seine Brust hebt und senkt sich.

Tia macht sich Sorgen, versucht sie wegzuziehen, krabbelt über sie – und schafft es. Als wären beide geschlagen worden, fliegen sie mit einem schnellen Ruck nach hinten, prallen jeweils mit dem Rücken auf dem Boden auf.

»Ist alles okay? Lynea?« Tia klingt ängstlich.

»Was war das?« Sie spricht mehr mit sich als mit Tia und erschreckt, als der Mann so schnell wieder vor ihr steht, sich den Schmutz von der Hose wischt und sie mit angespannten Zügen ansieht.

»Ich weiß es nicht, ich dachte, du könntest es mir sagen.«

Lynea weicht zurück, es ist ein Reflex, und der Mann hebt beschwichtigend die Hände.

»Ich war das nicht und ich werde dir nichts tun. Ich bin durch Zufall hier und …« Er lässt die Hände sinken. »Das neben mir ist Kira, sie ist ein Luchs.«

»Ich weiß, wie ein Luchs aussieht!« Lynea kann sich diesen Kommentar nicht verkneifen und aus irgendeinem Grund scheint es ihn zu amüsieren, denn ein Grinsen zeichnet sich auf seinem Gesicht ab. »Mein Name ist Juri.«

Er beugt sich vor, hält Lynea die Hand hin, aber sie zuckt zurück. Tia zeigt die Zähne und bäumt sich auf. »Vielleicht gehst du besser«, warnt sie.

Er wägt es ab, dreht sich schließlich um und geht. Kira folgt ihm und Lynea liegt da mit seinem Namen in ihren Gedanken. Juri. Sie wiederholt ihn, wieder und wieder, und kann nicht aufhören. Etwas in ihr klammert sich daran fest. So sehr, dass sie aufspringt und schreit: »Warte!«

Er bleibt stehen, dreht sich zu ihr um und wartet. Lynea kommt ihm entgegen, Schritt für Schritt, mit Tia an ihrer Seite, die nicht begeistert ist von der ganzen Sache.

Sie stoppt kurz vor ihm und erkennt, wie groß er tatsächlich ist. Fragt sich, ob das eine gute Idee ist, und ist irritiert, als Tia zaghaft auf Kira zutippelt und die beiden aneinander schnuppern, bis Kira einfach über Tias Gesicht leckt und sie zu kichern beginnt.

»Juri, sagtest du?«, fragt Lynea zögerlich und als er nickt, fährt sie fort. »Ich heiße Lynea.« Sie wartet ab, beobachtet ihn genau, aber da ist nichts. Nichts passiert. Er kennt sie nicht. Innerlich lacht sie über sich selbst. Wie auch?

Er streckt seine Hand aus, zumindest ein wenig, denn sie stehen sehr nah beieinander.

»Schön, dich kennenzulernen.« Seine Stimme ist rau und ernst. Lynea hebt ihre Hand und legt sie zaghaft in seine.

Haut trifft auf Haut.

Ihre Hand gleitet weiter, es passiert einfach.

Sternbild trifft auf Sternbild.

Sie leuchten auf, Licht explodiert und tanzt, sie erhellen zusammen alles um sich herum, werden erfüllt von Wärme, von Sternen und Unendlichkeit, während ihre Seelen erwachen. Wind fegt durch ihre Haare, über ihre Haut. Ihre Herzen finden sich, ihr Takt wird zu einem. Sie sind da. Erinnerungen …

Auf einen Schlag ist es vorbei, sie knicken beinahe ein, das Licht versiegt. Lyneas eine Hand liegt noch in der von Juri, sie schafft es nicht, ihren Blick abzuwenden. Sie hebt ihre andere Hand an ihre Wange. Sie ist nass. Tränen rinnen über ihr Gesicht. In ihr tut alles so weh.

Wieso tut es nur so weh?

»Lynn«, wispert Juri erstickt und reißt sie in seine Arme, hält sie fest, während ihr Körper anfängt zu beben.

Irgendwann schiebt sie ihn ein Stück zurück, lacht und weint zugleich. Ungläubig fährt er mit seinen Fingern über ihr Gesicht, zeichnet ihre Konturen nach, versucht, die Erinnerungen mit dem, was er sieht, zu verbinden.

»Ich habe dich gefunden«, stellt er erstaunt fest.

»Ja«, flüstert sie mit brüchiger Stimme. »Ich habe dir doch gesagt, wir sehen uns wieder.«

Übersicht

Lynn [Lynea]	Mondprinzessin. Ein Stern. Ein Mädchen.
Tia	Lynns Begleiter, Schutzgeist.
Juri	Mondkrieger.
Kira	Juris Begleiter, Schutzgeist.
Faras	König von Menua.
Iza	Ehem. Kindermädchen von Lynn.
Gardo	Prinz des Pluto.
Sahir	Gardos Verlobte.
Jim	Lynns Trainer, Namensgeber des Langstocks.
Harú	Oberster Hauptmann.
Noah	Ein Mondkrieger.
Malik	Verräter, Lynns Mörder.
Ráz, Eliah, Toah	Attentäter.
Alain	Prinz der Venus

Danksagung

Ich sitze hier, ich lächle und habe gleichzeitig ein wenig Bammel. Denn gerade weil ich diese Geschichte für euch schrieb, ist es mir besonders wichtig, dass sie euch auch gefällt. Dass ihr damit zufrieden seid und das Buch glücklich zuschlagen könnt. Ich hoffe es!

Danke, dass ihr Mondprinzessin geliebt und gehasst habt und Juri auf seinem Weg weiterbegleiten wolltet. Dafür, dass ihr so unendlich geduldig wart.

An dieser Stelle möchte ich erwähnen: Es ging mir hier nie darum, große neue Welten zu erschaffen und sie zu beschreiben, nein, es ging um ein Mädchen, das Träume hatte, Mut und viel Liebe. Es ging um Hoffnung und Verlust. Ums Hinfallen und Aufstehen.

Danke. Für euer Lob und eure Kritik.

Ein besonderer Dank

Der Drachenmond Verlag. Liebe Astrid, wenn ich in Worte fassen könnte, wie wichtig du mir bist und wie dankbar ich dir bin, dann würde ich es tun. Mögen alle Schmetterlinge dieser Welt für dich mit ihren Flügeln schlagen. Danke Marlena, Rebecca und Marie. Ihr wisst schon, warum.

Der Coverdesigner. Alexander Kopainski. Ach Alex, du weißt, ich vergöttere dich! Dieses Cover ist so perfekt wie alle anderen von dir für mich.

Die Illustratorin. Melina Goldberg von Melis Art. Danke, dass du auch für den zweiten Teil deine Stifte geschwungen und drei magische Bilder gezaubert hast. Du hast Tia und Kira perfekt eingefangen.

Blogger- & Autorenkollegen. Viele von euch sind zu Freunden geworden. Jeder Tag, an dem ich mit euch arbeiten kann, mich austauschen und mit euch reden darf, ist ein wundervoller Tag. Verliert euer Lachen nicht.

Die Leser. Ohne euch … was würde ich da nur tun? Ihr verleiht mir Flügel. Durch euch werden meine Geschichten lebendig und dafür werde ich euch nie genug danken können. Für die einen endete die Geschichte schon nach dem ersten Buch, für alle anderen gibt es dieses.

Familie, Partner, Freunde. Ich liebe euch!

Jede Nachricht, Rezension, jedes Foto wird mich glücklich machen und ich danke euch schon jetzt tausendfach dafür. Ich freue mich auf eure Meinungen und Gedanken, egal, wie überschwänglich oder auch kritisch sie sein mögen. DANKE!

Geht euren Weg, seid zielstrebig und abenteuerlustig und vergesst nie, auch einmal innezuhalten, um die kleinen Wunder dieser Welt nicht zu verpassen.

Eure Ava

Email: avareed@outlook.de
Blog: avareed.de
Instagram: avareed.books
Facebook: Ava Reed Books
Youtube: Ava Reed

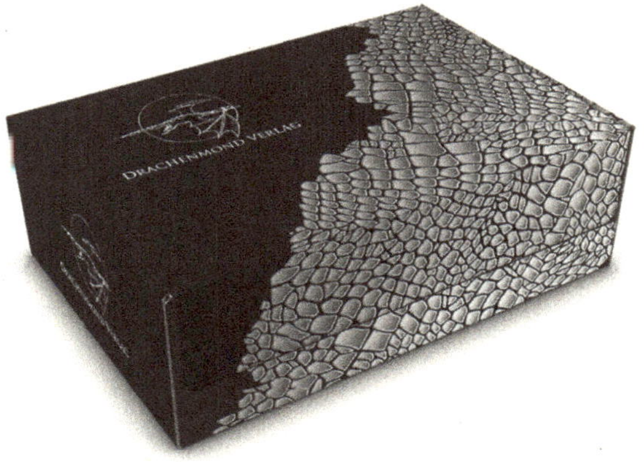
DRACHENMOND VERLAG